Né e … du Sud aujo … n rentre en A … puis sa mère en 1904. Il passe son enfance dans la région de Birmingham puis étudie à Oxford. Après la Première Guerre mondiale, démobilisé, il obtient un poste à Leeds, avant d'enseigner la langue et la littérature anglaises à Oxford de 1925 à 1959. Parallèlement, J.R.R. Tolkien publie *Le Hobbit* (1937), classique de la littérature de jeunesse, avant d'entamer la rédaction du *Seigneur des Anneaux*, qui ne paraît qu'en 1954-1955. Ces deux romans se déroulent dans le monde imaginé par Tolkien depuis les années 1916-1917, lorsqu'il entreprend la rédaction des *Contes perdus* en lien avec l'invention de langues ; mais il n'achèvera jamais son *Silmarillion*. À sa mort, en 1973, il revient à son fils Christopher de publier l'essentiel de son œuvre : en quarante ans, Christopher Tolkien a publié des récits pour la jeunesse (*Roverandom*, *Les Lettres du Père Noël*…), des nouvelles (*Feuille de Niggle* ; *Le Fermier Gilles de Ham*…), et surtout, *Le Silmarillion* puis *L'Histoire de la Terre du Milieu* (12 volumes, dont *Les Contes perdus*, *Les Lais du Beleriand*, *La Formation de la Terre du Milieu*, *La Route perdue*), *Les Contes et Légendes inachevés* ; des *Lettres* ; des textes sur la littérature (*Les Monstres et les Critiques*), et, récemment, *Les Enfants de Húrin*, *La Légende de Sigurd et Gudrún*, avant *La Chute d'Arthur*.

ROVERANDOM

DU MÊME AUTEUR
CHEZ POCKET

LES AVENTURES DE TOM BOMBADIL
LE SILMARILLION
FAËRIE ET AUTRES TEXTES (nouvelle édition)
LES ENFANTS DE HURIN
LA LEGENDE DE SIGURD ET GUDRUN
LES MONSTRES ET LES CRITIQUES ET AUTRES ESSAIS
ROVERANDOM

LE SEIGNEUR DES ANNEAUX
(EXISTE AUSSI EN 1 VOLUME)

LA COMMUNAUTE DE L'ANNEAU
LES DEUX TOURS
LE RETOUR DU ROI

CONTES ET LEGENDES INACHEVES
(EXISTE AUSSI EN 1 VOLUME)

LE PREMIER AGE
LE SECOND AGE
LE TROISIEME AGE

HISTOIRE DE LA TERRE DU MILIEU

LE PREMIER LIVRE DES CONTES PERDUS
LE SECOND LIVRE DES CONTES PERDUS
LES LAIS DU BELERIAND
LA FORMATION DE LA TERRE DU MILIEU
LA ROUTE PERDUE

LETTRES
LETTRES DU PERE NOËL

SCIENCE-FICTION
Ouvrage publié sous la direction
de Bénédicte Lombardo
Collection dirigée par Stéphane Desa

J.R.R. TOLKIEN

ROVERANDOM

Traduit de l'anglais
par Jacques Georgel

CHRISTIAN BOURGOIS ÉDITEUR

Titre original :
ROVERANDOM

MIXTE
Papier issu de sources responsables
FSC® C003309

Pocket, une marque d'Univers Poche, est un éditeur qui s'engage pour la préservation de son environnement et qui utilise du papier fabriqué à partir de bois provenant de forêts gérées de manière responsable.

ISBN : 978-2-266-26501-0

Ce livre est dédié à la mémoire
de Michael Hilary Reuel Tolkien
1920-1984

Introduction

Au cours de l'été 1925, J.R.R. Tolkien, sa femme Edith et leurs trois fils, John, huit ans à peine, Michael, cinq ans à peine, et Christopher qui n'avait pas un an, partirent en vacances pour Filey, ville côtière du Yorkshire qui, aujourd'hui encore, se peuple de touristes. C'étaient là des vacances inattendues, destinées à fêter la nomination de Tolkien à Oxford comme professeur d'anglo-saxon dans la chaire Rawlinson et Bosworth dont il allait prendre possession le 1er octobre. Peut-être l'intéressé voyait-il aussi cette période comme un temps de repos avant d'assumer la tâche nouvelle à laquelle s'ajoutaient deux autres trimestres d'enseignement qu'il devait effectuer à l'université de Leeds, les engagements anciens et nouveaux se chevauchant.

Pour leurs trois semaines – ou quatre, les dates sont incertaines, comme on le verra – à Filey, les Tolkien louèrent un cottage edwardien, propriété peut-être du receveur des postes, bâti sur la crête d'une falaise surplombant la plage et la mer. De cet emplacement la vue s'étendait sans obstacle vers l'est, et le jeune John Tolkien se sentit très excité quand la lune pleine, en deux ou trois soirées de grande beauté, émergea des flots et traça un brillant chemin argenté qui les traversait.

Michael Tolkien à cette époque était éperdument attaché à son jouet, un chien miniature de plomb peint en blanc et noir. Il l'emportait à table et au lit, à aucun instant il ne le quittait, répugnant même à le lâcher pour se laver la main. Et voilà que, pendant ce séjour à Filey, parti en promenade avec son père et son frère aîné, gagné par l'excitation des ricochets qu'il effectuait à la surface de l'eau, il déposa son jouet sur les galets de la plage. Sur un tel terrain, le minuscule chiot blanc et noir devint quasiment invisible, et on ne le retrouva pas. Michael en eut le cœur brisé, bien que les deux autres garçons et le père aient activement recherché l'animal ce jour-là et le suivant.

La perte de son jouet favori est de grande importance pour un enfant, et il n'est pas douteux que Tolkien trouva l'inspiration d'une « explication » de cet événement parce qu'il avait une telle idée en tête. Dans son histoire, un vrai chien nommé Rover est transformé en jouet par un magicien puis perdu sur une plage par un garçon ressemblant fort à Michael. Il fait la connaissance d'un « sablesorcier » plutôt comique ; enfin, il connaît une série d'aventures sur la lune et sous la mer. Telle est du moins l'histoire complète de Roverandom finalement couchée sur le papier. À l'origine elle ne possédait pas sa forme achevée ; elle a été conçue, puis contée, en un certain nombre de parties – on peut le déduire de sa nature épisodique et de sa longueur. D'autre part, l'agenda de Tolkien le confirme par une note hélas cruellement brève, datant presque certainement de 1926 et se référant au résumé des événements de 1925 ; elle concerne la composition de *Roverandom* à Filey : « Le conte *Roverandom*, écrit pour amuser John – et moi, à mesure de son développement –, est fait. » Il n'est malheureusement pas possible de savoir exactement ce que Tolkien entendait par ce mot ; peut-être, tout simplement, que pendant les vacances il avait conté l'histoire entière telle qu'elle était alors conçue. Cette note a du moins l'intérêt de confirmer que le conte grossit substantiellement au fil de sa gestation.

Il est curieux que cette note de l'agenda concerne le seul John, alors que le malheur de Michael se trouve en filigrane dans l'histoire de Roverandom. Il se peut que Michael se soit déclaré satisfait par le premier épisode, et par la suite se soit montré moins intéressé que John. Tolkien lui-même, c'est clair, s'enthousiasma pour le récit, qui devient plus raffiné à mesure qu'il s'allonge. Mais nulle part n'est enregistrée – ce qui nous interdit d'affirmer, aujourd'hui – la forme précise de la conception originale de *Roverandom* : par exemple, lesquels de ces jeux subtils de langage, de ses allusions aux mythes et légendes, étaient partie intégrante de l'histoire dès l'origine, et lesquels ont été ajoutés quand *Roverandom*, dans sa phase finale, a été couché sur le papier ?

Dans son compte rendu, Tolkien écrit aussi, après ce même intervalle de six mois, que la famille est allée de Leeds à Filey du 6 au 27 septembre 1925. La première date est nécessairement erronée ; en outre, c'était un dimanche et non un samedi comme il le rapporte. En effet, John Tolkien se souvient très bien du sillon brillant projeté sur la mer par la pleine lune, et c'est cette vision, certainement, qui a inspiré à son père le voyage de Rover sur un « chemin lunaire », au début de *Roverandom*. En conséquence, les Tolkien doivent avoir été à Filey au moment de la pleine lune qui, en septembre 1925, a commencé le 2. Ils peuvent également, et plus précisément, être situés à Filey dans l'après-midi du 5 septembre où la côte nord-est de l'Angleterre fut frappée par une terrible tempête. À cet égard encore, le souvenir de John Tolkien est resté vif, et la presse de l'époque vient le confirmer[1]. La mer devint grosse avant la marée haute, sauta par-dessus la digue, balaya le front de mer de Filey, dévasta les édifices établis en bordure du rivage et bouleversa la plage, détruisant ainsi tout espoir de retrouver le jouet de Michael. Des vents furieux secouaient le cottage Tolkien, au point que la famille ne put fermer l'œil de la nuit, craignant l'arrachement de la toiture. John Tolkien se rappelle que, pour calmer les deux aînés, leur père inventa une histoire. C'est alors qu'il commença à leur conter l'aventure de Rover, ce chien qui devint Roverandom, jouet enchanté. Nul doute enfin que la tempête ait inspiré l'ultime épisode où le vieux serpent de mer commence à s'éveiller, provoquant une profonde détérioration du temps. « Quand il déroula une boucle ou deux dans son sommeil, la mer se souleva, secoua les maisons des humains et les fit se courber, enfin gâcha leur sommeil sur des milles et des milles. »

Roverandom a-t-il été écrit pendant le séjour de Tolkien à Filey ? Aucune certitude. Toutefois, l'une des cinq illustrations[2] qu'il a destinées à son histoire, le paysage lunaire reproduit dans ce livre, est datée de 1925 et il est concevable qu'elle ait été créée à Filey cet été-là. Parmi les autres, trois sont datées, sans doute possible, de 1927, époque du séjour des Tolkien à Lyme Regis, sur la côte sud de l'Angleterre. « Le dragon blanc poursuit Roverandom et le lunechien », dédiée à John Tolkien ; « La maison où Rover, devenu jouet, commença ses aventures », dédiée à Christopher Tolkien ; et cette si belle aquarelle, « Les jardins du palais du Roi-des-Flots ». Chacune porte l'indication du mois et de l'année. Un autre dessin, l'alunissage de Rover, montrant Cendré-le-Goéland, porte l'indication 1927-1928. Tous sont reproduits dans ce livre.

Cette date des illustrations, 1927, suggère que *Roverandom* fut de nouveau raconté à Lyme Regis, peut-être parce que la famille était une fois encore en vacances à la mer, et que resurgissaient les événements de Filey, datant de deux ans. La dédicace à Christopher Tolkien de « La maison où Rover… » suggère, dans le même sens, que ce dernier, plus âgé, était maintenant en état d'apprécier *Roverandom* – en septembre 1925 il était encore bébé – et que le second récit de l'histoire a pu être effectué parce qu'il n'avait pas entendu le premier.

Cet apparent regain d'intérêt pour *Roverandom* dans l'été 1927 peut avoir été l'aiguillon qui conduisit Tolkien à coucher finalement son conte sur le papier, ce qu'il semble avoir fait cette année-là, plus tard, probablement pendant le congé de Noël. En l'absence de manuscrit daté ou d'autre évidence solide, nous ne pouvons que conjecturer, mais nous sommes conduits à le penser sur le fondement de deux éléments intéressants, bien que ténus. L'un et l'autre figurent au chapitre deux, *in fine*. Le Grand Dragon Blanc, dérangé par Roverandom et son ami lunechien, se lance dans une chasse-poursuite sauvage. Ce dragon est décrit comme un fréquent semeur de troubles. « Parfois, c'est-à-dire quand il organisait une fête dragonesque ou bien se mettait en colère, il poussait hors de sa caverne de vraies flammes rouges et vertes ; et des nuages de fumée s'élevaient fréquemment de cet antre. Une fois ou deux la lune était devenue rouge et on savait que c'était lui ; il avait même osé l'éteindre complètement. Dans ces circonstances, si désagréables, le Lunehomme se cloîtrait en compagnie de son chien. Encore cette maudite créature ! voilà tout ce qu'il disait, sans jamais préciser de quelle créature il s'agissait ni le lieu où elle vivait. Il descendait dans ses caves, débouchait ses meilleurs sortilèges, et clarifiait les choses aussi vite que possible. »

En l'occurrence, la poursuite des deux chiens est stoppée juste à temps par le Lunehomme, au moyen d'un charme magique lancé dans l'estomac du dragon. Pour cette raison, « l'éclipse suivante fut ratée, le dragon étant trop occupé à lécher son ventre pour s'en soucier » – référence à l'allusion du passage précédent : les éclipses de lune sont causées par la fumée du dragon.

Des éléments de ce chapitre de *Roverandom* apparaissent ailleurs. Celui du dragon semeur de trouble sur la lune faisait certainement partie de l'histoire en septembre 1927, on le sait par l'illustration datée. Ils apparaissent, sous une forme remarquablement similaire, dans un fragment inédit de la lettre-conte écrite par Tolkien à ses enfants en décembre de cette année-là, signée du Père Noël. Dans cette missive, qui appartient à l'étonnant florilège de ses lettres de Père Noël[3] écrites de 1920 à 1943, le Lunehomme visite le pôle Nord et boit du brandy à l'excès tout en avalant du plum-pudding et en jouant à craque-dragon[4]. Il s'endort, et Ourspolaire le pousse sous le sofa où il demeure jusqu'au lendemain. En son absence les dragons envahissent la lune, qu'ils étouffent au point de provoquer une éclipse. Le Lunehomme est contraint de revenir en toute hâte et de composer une magie terrifiante pour remettre les choses en ordre.

Les ressemblances entre cette fiction et l'épisode du Grand Dragon Blanc dans *Roverandom* sont trop frappantes pour n'être qu'une coïncidence. On peut raisonnablement en déduire que Tolkien avait *Roverandom* en tête quand il écrivait sa lettre de Père Noël en décembre 1927. Il est impossible de savoir s'il a introduit les dragons lunaires semeurs d'éclipses d'abord dans la lettre, ou bien s'il a brodé sur une idée déjà présente dans *Roverandom*, mais un lien doit être établi entre les deux œuvres.

Les vacances de Noël détachaient Tolkien de ses responsabilités académiques ; elles pouvaient lui offrir le temps nécessaire à l'écriture de *Roverandom*. Bien qu'il ne soit pas établi qu'il l'ait fait en décembre 1927, nous disposons d'un autre indice en faveur de cette époque, au moins comme *terminus ad quo* du premier texte existant, non daté : la référence, dans *Roverandom*, à une éclipse qui n'eut pas lieu. Dans le premier texte, « l'éclipse à venir fut un échec » est suivi de l'indication « au dire des astronomes ». Si l'on se fie au *Times* de Londres, cette opinion prévaut : l'éclipse totale de lune survint bien le 8 décembre 1927, mais en Angleterre des nuages la dissimulèrent aux observateurs. À cet égard, la lettre du Père Noël de 1927 montre une fois encore son utilité. Elle fixe en effet au 8 décembre précisément l'éclipse qui survint en l'absence du Lunehomme, et confirme ainsi la connaissance qu'avait Tolkien de l'événement survenu dans le monde réel.

Ce premier texte survivant est l'une des quatre

versions du fonds Tolkien conservé à la Bodleian Library d'Oxford. Un cinquième est malheureusement perdu, qui correspond au chapitre premier et à la première moitié du suivant. Ce qui subsiste couvre vingt-deux pages écrites à la va-vite, d'une écriture déformée par instants, sur diverses feuilles vierges, arrachées peut-être à des cahiers scolaires, et affectées de multiples corrections. Ce texte a été suivi de trois versions dactylographiées, sans date elles aussi, où l'histoire progressivement s'enrichit, Tolkien améliorant l'expression et ajoutant des détails mais pas de modifications majeures. Le premier tapuscrit, de 39 pages abondamment corrigées, se fonde étroitement sur le manuscrit. Il a été d'un grand secours pour déchiffrer les parties les moins lisibles de la version initiale. Vers la fin toutefois, le tapuscrit diffère sensiblement du texte précédent ; là où Rover retrouve taille et forme originelles (auparavant, c'était presque une chute dans le trivial, à présent c'est un passage dramatique autant qu'humoristique) la rédaction est substantiellement augmentée. Le texte nouveau avait pour titre initial *Les Aventures de Rover*. Tolkien, à la plume, le transforma en *Roverandom*, appellation qu'il préférait.

Le second des trois tapuscrits s'arrête net après neuf pages, dont le finale comporte seulement quelques lignes. Volonté consciente de son auteur, semble-t-il. Ce texte va du début de l'histoire jusqu'à l'instant où la lune « commença à déposer sur l'eau son sentier brillant » (chapitre deux). Il faut y ajouter un fragment de texte, tapé sur ce qui est devenu le verso d'un feuillet ; mais Tolkien l'a écarté immédiatement, puis l'a repris, l'a révisé ultérieurement et a poursuivi au recto. Ce second tapuscrit incorpore des observations qui marquaient le premier, et inclut d'autres améliorations. Peut-être est-il plus important d'observer que cette version est d'allure beaucoup plus ordonnée que la première. Tolkien se soucie désormais de la présentation, par exemple la pagination sur les feuillets, qu'il tape directement au lieu de l'inscrire ultérieurement à la plume. Il découpe aussi le dialogue en paragraphes afin d'indiquer les divers interlocuteurs, alors qu'auparavant le texte était souvent sans discontinuité – mais il s'agit, clairement, d'un document de travail. Le nouveau tapuscrit inclut aussi une poignée de corrections manuscrites, faites avec soin et dont la plupart ne concernent que des coquilles.

Cette présentation améliorée nous conduit à soupçonner que Tolkien préparait ce second tapuscrit pour le soumettre à son éditeur, George Allen et Unwin, vers la fin de 1936. À cette époque, *Le Hobbit* avait été accepté avec enthousiasme – et bien qu'il fût seulement au stade de la production, donc sans s'être révélé un succès –, sur la base de la force de cet ouvrage Tolkien avait été invité à proposer d'autres contes pour enfants, dans la perspective d'une publication. Il répondit favorablement en envoyant à Allen et Unwin son livre de dessins *Mr Bliss*, son histoire d'un Moyen Âge burlesque *Farmer Giles of Ham*, ainsi que *Roverandom.* Si le second tapuscrit, partiel, a été réalisé dans ce but, comme nous le pensons, la raison de son abandon par Tolkien pourrait être que ce texte n'était pas encore tout à fait à sa convenance ; ou encore que, à l'image des esquisses précédentes, il était écrit sur des pages arrachées à des cahiers d'exercices, à ce qu'il semble – longue marge, légèrement déchiquetée – et que l'auteur souhaitait soumettre un travail à la présentation plus professionnelle.

Effectivement, le troisième tapuscrit de *Roverandom*, le plus récent, est dactylographié avec netteté, non sans corrections toutefois, sur soixante feuillets de papier commercial de luxe, de divers types. C'est dans celui-là qu'ont été introduits la division en chapitres, certains changements, nombreux et d'ampleur limitée dans les descriptions et dialogues, dans la ponctuation et la subdivision en paragraphes. Ce texte est, presque certainement, celui que Tolkien a soumis à Allen et Unwin et que Stanley Unwin, président de la société, a donné pour appréciation à son jeune fils Rayner.

Dans son compte rendu en date du 7 janvier 1937[5], Rayner Unwin jugea l'histoire « bien écrite et drôle ». Malgré cette opinion positive, l'ouvrage ne fut pas accepté. *Roverandom*, à ce qu'il semble, était l'un de ces « brefs contes de fées de types divers » que Tolkien, à ce qu'on imagine, tenait prêts pour une publication en octobre 1937, ainsi que le note Stanley Unwin dans un mémorandum. Seulement, à cette époque, *Le Hobbit* connaissait un tel succès qu'Allen et Unwin désiraient une suite donnant davantage d'informations sur les Hobbits. Cette préférence au détriment de toute autre œuvre fait que *Roverandom* semble n'avoir jamais été sérieusement évalué par quelque autre auteur ou éditeur. À cette époque, l'attention de Tolkien était uniquement dirigée vers le « nouveau Hobbit », l'ouvrage qui deviendrait son chef-d'œuvre : *Le Seigneur des Anneaux*.

Il n'est pas excessif de dire que *Le Seigneur des Anneaux* aurait pu ne pas voir le jour sans des contes du style de *Roverandom*, car leur succès auprès des enfants Tolkien et de Tolkien en personne conduisit au minimum à un travail plus ambitieux, *Le Hobbit*, et à la suite que l'on connaît. La plupart de ces histoires étaient éphèmères, peu furent écrites, et certaines même sont restées inachevées. Tolkien s'est installé avec bonheur dans son rôle de conteur pour enfants vers 1920 au moins, date de l'écriture des premières lettres du Père Noël. Il y avait aussi les histoires opposant le vaurien Bill Stickers (Guillaume Autocollant) à son adversaire Major Road Ahead (Route Prioritaire) ; ou celles du minuscule Timothy Titus et du flamboyant Tom Bombadil dont l'origine est une poupée hollandaise appartenant à Michael Tolkien[6]. Aucune n'alla bien loin, même si Tom Bombadil trouva ultérieurement une niche dans des poèmes et dans *Le Seigneur des Anneaux*. Un conte très étrange et d'une certaine ampleur, *L'Orgog*, écrit en 1924, a fait l'objet d'une dactylographie, mais il est à la fois inachevé et peu structuré.

Par contraste, *Roverandom* est entier et joliment « ficelé ». Dans l'univers fictif de Tolkien à cette période, on le distingue pour l'amusement sans restriction dont l'auteur fait preuve en jouant avec les mots. Sa richesse va d'homonymes (*Persia* et *Pershore*) en onomatopées et allitérations (*yaps* et *yelps*, *yammers* et *yowls*, *growling* et *grizzling*, *whickering* et *whining*, *snickering* et *snarling*, *mumping* et *moaning*) sans compter des listes descriptives dont l'humour naît de la longueur (*paraphernalia*, *insignia*, *symbols*, *memoranda*, *books of recipes*, *arcana*, *apparatus*, *bags and bottles of miscellaneous spells in Artaxerxes workshop*), et d'étonnants tours de style : « Le Lunehomme s'évanouit immédiatement dans l'air fin, et quiconque n'a jamais été y voir vous dira quel extrême degré de finesse atteint cet air. » L'ouvrage inclut également nombre d'expressions enfantines – *whizz*, *splosh*, *tummy*, *uncomfy* – particulièrement intéressantes en ce sens que leurs pareilles se rencontrent rarement dans les ouvrages publiés de Tolkien, ayant été omis *ab initio* dans ses manuscrits ou bien supprimés lors d'une révision, tel « *tummy* » qui, dans *Le Hobbit* devient « estomac ». Ici, aucun doute : ce sont des survivants de la version orale de l'histoire, contée aux enfants Tolkien.

Il est réconfortant, aussi, de voir Tolkien inclure, dans *Roverandom*, des mots comme « *paraphernalia* », « *phosphorescent* », « *primordial* », « *rigmarole* », car de nos jours un tel langage est regardé comme difficile pour les jeunes enfants. Tolkien là-dessus eût été en désaccord. « Un bon vocabulaire, écrivait-il en 1959, ne s'acquiert pas par la lecture d'ouvrages écrits selon quelque idée du vocabulaire de sa tranche d'âge. Il s'acquiert par la lecture d'ouvrages d'un ton au-dessus » (*Lettres de J.R.R. Tolkien*, 1981).

Roverandom est remarquable à un autre titre encore : la variété du matériau biographique et littéraire utilisé pour sa composition. Au premier plan, bien sûr, la propre famille de l'auteur et l'auteur lui-même. Dans *Roverandom*, parents et enfants Tolkien sont présentés ou bien font l'objet d'allusions, comme le bébé Christopher. Le cottage et la plage de Filey apparaissent dans trois chapitres. Tolkien exprime à plusieurs reprises ses sentiments sur l'ordure et la pollution ; et les éléments de ces vacances de 1925, clair de lune sur la mer, violente tempête et surtout perte du chien, le jouet de Michael, sont des éléments du conte.

À cet ensemble, Tolkien ajoute un trésor de références aux mythes et aux contes de fées, aux sagas scandinaves ainsi qu'à la littérature pour enfants, celle de la tradition tout comme celle de son époque. Dragons rouges et blancs des légendes britanniques, Arthur et Merlin, faune marine mythique, sirènes, Niord, et le-Vieil-homme-de-la-mer, parmi bien d'autres comme le serpent Midgard ; à côté de cet ensemble on trouve des emprunts, ou du moins des échos, des *Psammead Books* d'E. Nesbit, des échos de Lewis Carroll (*À travers le miroir ; Sylvie et Bruno)*, et même des compositeurs Gilbert et Sullivan. Vaste panoplie, mais ces matériaux divers sont bien amalgamés par les mains de Tolkien, qui atténue les incompatibilités et ajoute une forte dose d'amusement pour qui sait reconnaître ces clins d'œil.

Dans de brèves notes en appendice, nous avons identifié et discuté quantité de sources, certaines ou probables, utilisées par Tolkien pour *Roverandom*, et aussi clarifié des mots mystérieux et quelques aspects spécifiques de la Grande-Bretagne qui pourraient être peu familiers aux lecteurs étrangers ; enfin, des sujets d'intérêt particulier. À présent, dans cette introduction générale, il paraît utile d'attirer l'attention sur quelques aspects appelant un développement de plus grande ampleur.

Dans *Contes de fées*, sa conférence de 1939, Tolkien critiquait « l'extrême souci du détail fleur et papillon » qui marque nombre de descriptions de contes de fées. Il citait en particulier *Nymphidia* de Michael Drayton, où le chevalier Soiedeporc monte une « postichoreille fringante » et « fixe un rendez-vous dans une primevère ».

Seulement, à l'époque de *Roverandom*, il n'avait

pas encore chassé les idées fantasques comme les gnomes lunaires montant des lapins et confectionnant des crêpes à partir de flocons de neige ; ou encore de fées des flots naviguant dans des coquilles attelées à de fins poissons. Dix ans plus tôt seulement il avait publié une composition, aujourd'hui célèbre, pour la bibliothèque de la jeunesse, le poème *Pieds de Goblin* (1915). L'auteur y dit entendre « les appels de cor de farfadets enchantés », et il s'étend sur « de petites robes » et « de petits pieds heureux ». Tolkien l'a avoué un jour : dans les années vingt et trente, il se sentait « encore influencé par la convention destinant naturellement aux enfants les contes de fées » (*Lettres*, texte d'avril 1959). En conséquence, il adoptait parfois les modes d'expression et l'imagerie courants en ce domaine ; ainsi en est-il, dans *Le Hobbit*, des Elfes de Rivendell, espiègles et chanteurs. On pourrait y joindre, dans cet ouvrage et dans *Roverandom* peut-être plus encore, la voix dominante de l'auteur ou d'un parent dans le rôle du narrateur. Ultérieurement, Tolkien a regretté d'avoir ainsi écrit à destination de ses enfants, souhaitant notamment que *Pieds de Goblin* soit enterré et oublié. Entre-temps les fées – plus tard les Elfes – du *Silmarillion*, sorti de son imagination mythologique, avaient dressé leur noble stature sans guère de trace de Soiedeporc.

Presque inévitablement, *Roverandom* a tracé son chemin à travers la mythologie, le légendaire de Tolkien, alors développé depuis dix ans ou plus et qui demeurait au centre de sa réflexion. Entre les deux œuvres peuvent être effectuées plusieurs comparaisons ; par exemple, dans *Roverandom*, le jardin situé sur la face cachée de la lune, rappelle de très près le

Cottage of Lost Play dans *Le Livre des contes perdus*, première approche, en prose, du légendaire. Dans ce dernier, les enfants « dansaient et jouaient... faisant des bouquets de fleurs, ou pourchassant abeilles d'or et papillons aux ailes brodées » (première partie, publiée en 1983). Dans le jardin lunaire les enfants « dansent dans un demi-sommeil, marchent dans un demi-rêve et se parlent. Certains s'agitent, comme sortis à l'instant d'un profond sommeil ; d'autres déjà courent, bien éveillés et rieurs ; ils creusent des trous, cueillent des fleurs, édifient tentes et maisons, font la chasse aux papillons, jouent à la balle, grimpent aux arbres. Et tous chantent ».

Le Lunehomme ne révèle pas comment les enfants accèdent à son jardin, mais à un moment Roverandom regarde vers la Terre et croit voir, « légères et plutôt minces, de longues rangées de petits bonshommes descendant vite, à la voile » sur le sentier de lune. Les enfants arrivant au jardin pendant leur sommeil, il paraît certain que Tolkien avait en tête sa vision de « l'Olore Molle » ou Chemin de Rêves qui conduit au « Cottage of Lost Play » : « de minces ponts reposant sur l'air et brillant d'une lueur grisâtre, comme des brumes soyeuses éclairées par une fine lune », un chemin qu'aucun œil humain n'avait jamais contemplé « sauf dans un paisible sommeil, au temps de la jeunesse du cœur » (*Le Livre des contes perdus*, première partie).

De *Roverandom* à la mythologie, le rapport qui intrigue l'esprit au maximum est ailleurs. On le rencontre quand « la plus antique des baleines », Uin, montre à Roverandom « la vaste baie du Pays Féerique, au-delà des Îles Magiques », et plus loin « à l'ultime Occident les Monts du Pays Elfique, et sur les flots la lumière d'Imaginaire » ; enfin, « la cité des Elfes, sur la verte colline surplombée par les Monts ». C'est là en effet, très précisément, la géographie du Monde d'Occident qui figure dans *Le Silmarillion*, version des années vingt et trente. Les « Monts du Pays Elfique » sont les montagnes de Valinor-en-Aman, et la « Cité des Elfes » est Tùn, nom attribué dans la mythologie et dans la première version seulement, de *Roverandom*. Quant à Uin, elle est tirée du *Livre des contes perdus* où, même s'il ne s'agit pas encore du parfait homonyme, « la plus puissante et la plus antique des baleines », ce mammifère est capable de porter Roverandom jusqu'au cadre de vision de l'Ouistrenesse, qui à cette époque, dans le développement du Légendaire, est caché aux yeux des mortels par un rideau de ténèbres et de dangereux plans d'eau.

Uin dit qu'il se ferait « agrafer » si l'on découvrait – sans doute les Valar ou dieux qui vivent à Valinor – qu'il a montré Aman à un être quelconque, même un chien, depuis l'Esternesse, c'est-à-dire Terre Centrale, ce monde des mortels. Ce monde, dans *Roverandom*, est plus ou moins désigné comme le nôtre et quantité de lieux réels y sont indiqués par leur nom. Roverandom lui-même « était un chien anglais, tout compte fait ». À d'autres égards pourtant, il est évident que ce n'est pas notre Terre. Premier exemple : elle a des rebords par-dessus lesquels des chutes d'eau tombent tout droit dans l'espace. Ce n'est pas non plus tout à fait la Terre décrite dans le Légendaire, bien que celle-là également soit plate. Mais la lune de *Roverandom*, réplique exacte de celle du *Livre des contes perdus*, se déplace au-dessous du monde quand elle ne se trouve pas au-dessus, dans le ciel.

Nombre d'œuvres de Tolkien ayant été publiées dans le quart de siècle suivant sa mort, il est devenu clair qu'une interrelation unit presque tous ses écrits, parfois de manière secondaire ; et que chacun répand sur les autres une clarté bienvenue. *Roverandom* illustre une fois encore à quel point le Légendaire, ce travail de toute une vie, influença chez Tolkien l'art du récit ; et il nous invite à regarder plus avant, ou latéralement, des œuvres sur lesquelles *Roverandom* lui-même peut avoir exercé une influence, en particulier *Le Hobbit* dont la composition, commencée peut-être en 1927, est contemporaine de l'écriture et de la révision de *Roverandom*. En vérité, rares sont les lecteurs du *Hobbit* qui ne remarquent pas, entre autres choses, la ressemblance entre le vol angoissant de Roverandom perché sur Cendré, jusqu'au refuge sur la crête de la falaise, et celui de Bilbo jusqu'à l'aire des aigles ; ainsi que la ressemblance entre les araignées rencontrées par Roverandom sur la lune et celles de Mirkwood. En outre, le Grand Dragon Blanc et Smaug, le dragon d'Erebor, ont l'un et l'autre l'abdomen bien tendre. Enfin, les trois magiciens bourrus de *Roverandom*, Artaxerxes, Psamathos et le Lunehomme, sont des préfigurations de Gandalf, chacun à sa manière.

Avant d'abandonner le lecteur au plaisir du texte, il convient d'ajouter quelques mots concernant les illustrations. Certes, nous les avons déjà longuement commentées dans notre ouvrage de 1995, *J.R.R. Tolkien artiste et illustrateur* (Christian Bourgois, 1996), mais ici leur impression accompagne celle du texte complet, ce qui permet de mieux apprécier leurs qualités et leurs défauts.

Ces dessins n'ont pas été conçus comme des illustrations pour un livre imprimé ; leurs thèmes ne répondent pas à un souci de répartition équilibrée d'un bout à l'autre du conte. On ne peut pas davantage les comparer du point de vue du style et de la technique : deux sont « plume et encre » et deux sont des aquarelles, dont l'une tracée au crayon de couleur essentiellement. Quatre sont pleinement achevées dont les aquarelles, alors que la dernière, l'alunissage de Rover, est un travail de moindre qualité, Rover, Cendré et le Lunehomme étant anormalement petits.

Ainsi dessinant, peut-être Tolkien se trouvait-il moins intéressé par la tour et le rendu exact du paysage aride, qui pourtant n'offre aucun aperçu des forêts lunaires décrites dans *Roverandom*. Le « paysage lunaire » qui précède est plus fidèle au texte ; il englobe des arbres aux feuilles bleues, ainsi que « des espaces largement ouverts de bleu pâle et de vert où de hautes montagnes acérées projetaient leurs vastes ombres, barrant le sol jusqu'au lointain ». On peut présumer que ce passage décrit l'instant où le Lunehomme et Roverandom, revenant de leur voyage sur la face cachée, aperçoivent « le monde émergeant, la lune vert pâle et or, immense et ronde, surplombant les épaulements des Monts Lunaires ». Mais ici, à l'évidence, l'univers n'est pas plat. Les Amériques sont seules montrées, par conséquent l'Angleterre et les autres localisations terrestres mentionnées dans le conte doivent se trouver sur la face opposée du globe. Le titre, « Paysage Lunaire », est écrit sur l'œuvre, sous la forme initiale du tengwar, graphie elfique de Tolkien.

Tout aussi fidèle au texte est le dessin « Le dragon blanc poursuit Roverandom et le Lunechien ». Outre ces trois personnages existent ici plusieurs motifs d'intérêt. Au-dessus du titre, une araignée et ce qui semble être une phalène-dragon ; de nouveau, dans le ciel, la Terre est montrée comme un globe. Quand il en vint à illustrer *Le Hobbit*, Tolkien dessina le même dragon sur sa carte de Terre Sauvage et la même araignée dans Mirkwood. Dans les premiers textes seulement, il a utilisé Lunechien comme dans le titre – parfois Lune-Chien.

« Les jardins du palais du Roi-des-Flots », superbe aquarelle, met en relief la structure de « pierre rose et blanc », comme s'il s'agissait de la décoration d'un aquarium ; peut-être doit-on y voir un rappel du Pavillon Royal de Brighton. Tolkien a choisi de montrer palais et jardins dans toute leur beauté, plutôt que l'angoissé Roverandom traçant son itinéraire sur le chemin. Sans doute sommes-nous appelés à voir à travers son regard. Dans l'angle supérieur gauche figure Uin la baleine, proche du Léviathan illustré par Rudyard Kipling dans « La baleine et son gosier », conte des *Histoires comme ça* qui date de 1902. « Roidesflots », titre des premières versions, apparaît parfois sous la forme « Roi-des-Flots », expression unique du tapuscrit dernière manière. Tolkien n'était pas plus conséquent dans son orthographe des autres composés de « mer », à l'exception des formes consacrées comme *mermaid* (sirène).

« La maison où Rover, devenu jouet, commença ses aventures », aquarelle achevée elle aussi, n'en demeure pas moins une énigme. Son titre suggère qu'elle illustre la maison de la rencontre initiale entre Rover et Artaxerxes, bien que le texte n'indique nullement que cette rencontre se situe dans une ferme ou à proximité. Par ailleurs, l'échappée sur la mer, à l'arrière-plan, et le goéland volant, sur le plan supérieur, sont en contradiction avec le texte d'après lequel Rover « n'avait jamais vu ni humé la mer » avant d'être emmené à la plage par Fistondeux, « le village rural où il était né se trouvant à des milles et des milles du bruit et du parfum des flots ». L'aquarelle ne peut pas davantage représenter la maison du père des jeunes garçons, décrite comme blanche et située sur une falaise, avec des jardins descendant vers la mer. Nous sommes presque enclins à nous demander si, à l'origine, ce dessin avait quelque lien avec l'histoire ; si certains détails, tel le goéland, n'ont pas été ajoutés en cours d'exécution afin de lui conférer ce lien. Le chien noir et blanc situé à l'arrière-plan à gauche peut vouloir illustrer Rover, et l'animal noir qui lui fait face, caché comme Rover par un cochon, pourrait être Tinker la chatte ; mais rien de tout cela n'est certain.

Le texte ici présenté correspond à la plus récente version de *Roverandom*. Tolkien n'a jamais parfait son travail en vue de le publier. Il eût effectué, on n'en doutera pas, de nombreuses révisions et corrections, afin de le rendre plus adapté à un auditoire débordant son cercle de famille, si Allen et Unwin avaient accepté de le publier après *Le Hobbit*. Dans cette attente, erreurs et relâchements n'ont pas été chassés du manuscrit. Quand il écrivait au fil de la plume, Tolkien ne se souciait guère de la ponctuation et de la cohérence dans les liaisons. Pour cette édition de *Roverandom*, on a suivi son exemple, en général minimaliste, dans les cas où ses intuitions se manifestent clairement, tout en respectant les règles de ponctuation et de cohérence là où nous l'avons estimé nécessaire ;

enfin, quelques erreurs typographiques évidentes ont été redressées. En accord avec Christopher Tolkien, nous avons aussi amélioré de très rares phrases incertaines et maintenu certaines autres. L'essentiel du texte est celui que l'auteur nous a laissé.

Nous devons une particulière gratitude, en raison de leurs conseils et de leurs indications directrices dans la mise au point de cette œuvre, à Christopher Tolkien, que nous remercions aussi pour son interprétation, précitée, du *Journal* paternel, et pour nous avoir fait partager ses souvenirs de 1925, à Filey ; à Priscilla et Joanna Tolkien, dont l'aide et les encouragements nous ont été précieux ; à Douglas Anderson, David Doughan, Charles Elston, Michael Everson, Verlyn Flieger ; Charles Fuqua, Christopher Gilson, Carl Hostetter, Alexei Kondratiev, John Rateliff, Arden Smith, Rayner Unwin, Patrick Wynne, David Brawn et Ali Bailey de HarperCollins ; Judith Priestman et Colin Harris de la Bodleian Library à Oxford ; ainsi qu'à l'équipe de la Williams College Library, Williamstown, Massachusetts.

Christina SCULL
Wayne G. HAMMOND

ROVERANDOM

1

Il était une fois un petit chien nommé Rover, un petit chien de taille réduite, vraiment réduite, et très jeune, sinon il aurait mieux connu la vie. Il se sentait pleinement heureux, jouant dans le jardin, sous un beau soleil, avec une balle jaune. Dans le cas contraire, il n'aurait sûrement pas fait ce que…

Un vieillard qui porte un pantalon élimé n'est pas nécessairement mauvais. Certains sont surnommés « hommes d'os et de bouteille »[1] et possèdent de petits chiens ; d'autres sont jardiniers, et quelques-uns, très peu nombreux, des magiciens qui rôdent, pendant les périodes de vacances, en quête de quelque chose à faire. Celui qui entre maintenant dans notre histoire en est un. Il arpente l'allée des jardins, vêtu de son vieux manteau râpé, une pipe antique à la bouche et un vieux chapeau vert sur la tête. Si Rover n'était pas si occupé à couvrir sa balle d'aboiements, il pourrait apercevoir la plume bleue piquée à l'arrière du chapeau vert, et alors dans cet homme il soupçonnerait un sorcier, comme ferait tout autre petit chien doté d'un flair ; mais pas une seconde il n'aperçoit la plume[2].

Le vieil homme se baisse et ramasse la balle, qu'il

songe à transformer en orange, ou en os peut-être, ou encore en morceau de viande à l'intention de Rover. Le petit chien grogne et dit : « Lâchez ça », sans même ajouter : « s'il vous plaît ».

Étant sorcier, le magicien comprend parfaitement, bien sûr, et rétorque : « Tiens-toi tranquille, imbécile ! » – sans même ajouter : « s'il te plaît ». Puis il met la balle dans sa poche, rien que pour exciter le chien, et s'en va.

Sur-le-champ, Rover mord son pantalon – je suis navré de le dire – dont il arrache un bon morceau. Peut-être même enlève-t-il en cet instant une bouchée de magicien. Quoi qu'il en soit, le vieil homme se retourne d'un coup, avec un air profondément mécontent, et crie : « Imbécile ! change-toi en jouet. »

Alors des choses très spéciales commencent à se produire. Jusqu'à cet instant, Rover n'a été qu'un chiot. Voilà que, subitement, il se sent rapetisser, beaucoup beaucoup. L'herbe lui paraît devenir monstrueusement haute, s'élever bien au-delà de sa tête. Un horizon lointain se dessine à l'extrémité de la pelouse, on dirait le soleil s'élevant au-dessus des arbres d'une forêt. Il peut voir la balle jaune, énorme, à l'endroit où le magicien l'a rejetée. Il entend le cliquetis du portail à l'instant où le vieil homme s'en va sans qu'il puisse le voir. Il tente d'aboyer mais ne produit qu'un petit bruit à peine audible, trop léger pour être entendu de quiconque, même d'un autre chien à mon avis. Il est devenu si petit que, si un chat passait près de lui, il prendrait Rover pour une souris, j'en suis sûr, et le croquerait. C'est ce que ferait Tinker, le grand chat noir qui habite la même maison.

À la seule pensée de Tinker, Rover commence à

frissonner de la tête aux pattes, mais son esprit ne tarde pas à chasser les chats, car le jardin qui l'entoure disparaît subitement. Rover se sent enlevé, pour une destination inconnue. Quand cette course précipitée s'achève, il découvre qu'il est dans le noir, déposé dans un monde d'objets durs, une sorte de boîte mal aérée. Il reste là un bon moment, très mal à l'aise. Rien à manger, rien à boire ; pire que tout : il ne peut pas bouger. Il imagine, d'abord, que c'est parce que son enveloppe est si serrée..., mais bientôt il constate que, même dans la journée, il ne peut bouger que très peu, et encore avec un grand effort, si personne ne le regarde. Quand minuit a sonné, il peut marcher et agiter la queue ; ah, une certaine raideur dans la queue ! Le voici devenu un jouet. À présent, le jour entier il lui faut rester assis, bien droit, faisant le beau ; tout cela parce qu'il a omis de dire « s'il vous plaît » à un sorcier. Un sort lui a été jeté[3].

Après ce qui lui a paru un temps aussi long que noir, il tente une fois encore d'aboyer bien fort, de manière à se faire entendre des gens. Ensuite, il essaie de mordre les autres objets qui se trouvent avec lui dans la boîte, ces petits jouets stupides qui représentent des animaux et sont faits en vrai bois, en vrai plomb, qui ne sont pas d'authentiques chiens enchantés comme lui, Rover. Mais rien à faire : il ne peut pas aboyer ou mordre.

Voici que, subitement, quelqu'un arrive, ôte le couvercle de la boîte et la place en pleine lumière. Une voix dit :

« Harry, nous devrions placer quelques-uns de ces animaux en vitrine, ce matin – et une main s'introduit dans la boîte : Tiens, d'où vient-il celui-là ? – et la main s'empare de lui. Je ne me rappelle pas l'avoir déjà vu. Il n'a rien à faire dans la boîte à trois francs j'en suis bien sûre. As-tu jamais vu quelque chose qui ressemble autant à la réalité ? Regarde son pelage et ses yeux !

— Affiche-le à six francs, dit Harry, et place-le tout en avant dans la vitrine[4]. »

Voici le pauvre petit Rover au premier plan de la vitrine, exposé à la forte chaleur du soleil. Il y reste assis toute la matinée, tout l'après-midi, à peu près jusqu'à l'heure du thé[5]. Pendant toutes ces heures il doit se tenir bien droit et faire le beau, bien qu'il soit intérieurement fort en colère. Aux autres jouets il déclare :

« Le premier qui m'achètera, je lui échapperai. Je suis un vrai chien, pas un jouet, et je ne veux pas en devenir un. Mais je souhaite que quelqu'un vienne m'acheter, et vite ! Je déteste cette boutique et je ne peux pas bouger, affiché comme ça en vitrine.

— Bouger, mais pour quoi faire ? demandent les autres jouets. Nous, on ne fait rien. C'est plus agréable de rester tranquille en ne pensant à rien. Plus tu te reposes plus longtemps tu vis, alors tais-toi donc ! En parlant tu nous empêches de dormir, et pour certains de nous il y a de durs moments qui se profilent dans les pouponnières. »

Ils n'en diront pas plus, alors pauvre Rover n'a plus personne à qui parler, et il se sent très malheureux, et il regrette beaucoup d'avoir mordu le pantalon du magicien.

Je ne saurais dire si c'est ou non ce sorcier qui envoie la maman acheter le petit chien de la vitrine. De toute façon, au moment précis où Rover se sent plus misérable que jamais, elle entre dans la boutique, portant son panier à provisions. À travers la vitre elle a aperçu Rover et s'est dit que ce serait pour son garçon un petit jouet adorable. Des garçons, elle en a trois, dont l'un aime particulièrement les petits chiens, et mieux encore ceux qui marient le noir et le blanc[6]. Donc elle achète Rover, que voici enveloppé dans du papier et déposé dans le panier, au milieu d'autres choses acquises pour le thé[7]. Rover ne tarde pas à dégager sa tête du papier. Il a senti la présence d'un gâteau mais se rend compte qu'il ne peut pas l'attraper. Alors, au milieu des bouchons de papier, il émet un petit grognement de jouet. Les crevettes sont seules à l'entendre ; elles lui demandent ce qui ne va pas ; alors il leur raconte toute son histoire, s'attendant à les voir partager sa tristesse ; mais elles se bornent à lui demander :

« Comment apprécierais-tu d'être plongé dans l'eau bouillante, as-tu jamais été bouilli ?

— Non ! Jamais je n'ai été bouilli… autant que je me souvienne. Et pourtant, quelquefois on m'a baigné, ce qui n'est pas spécialement agréable. Mais j'imagine qu'être bouilli n'est pas moitié aussi méchant que d'être ensorcelé.

— Pas de doute, tu n'as jamais été plongé dans un court-bouillon, décident les crevettes. Tu n'y connais rien ; c'est vraiment la pire chose qui puisse arriver à quiconque. Rien qu'à cette idée nous voici rouges de rage. »

Rover, qui n'a jamais aimé les crevettes, n'hésite pas à répondre :

« Ne vous faites pas de souci, ils ne vont pas tarder à vous avaler. Moi, je vais m'asseoir et observer. »

Après cela, que pourraient bien avoir à lui dire les crevettes ? Elles le laissent à son sort, et il se demande quel genre de personne l'a acheté. Voilà ce qu'il ne tarde pas à découvrir. On le porte dans une maison, le panier est posé sur la table et tous les paquets en sortent. Les crevettes s'en vont dans le garde-manger. Et Rover ? On en fait cadeau, immédiatement, au petit garçon pour qui il a été acheté, et ce garçon l'emmène dans sa chambre tout en lui faisant la conversation.

Rover l'aimerait bien s'il n'était pas trop fâché pour écouter ce qu'il lui dit. Ce garçonnet aboie à son oreille dans la meilleure langue canine qu'il connaisse, et dans ce domaine il est assez bon ; mais jamais Rover n'essaie de répondre[8]. Il ne cesse de penser à ce qu'il a dit : il voudra fuir la première personne qui l'achètera. Il se demande comment faire : il lui faut, en permanence, être assis bien droit dans sa posture de beau, alors que ce jeune garçon le caresse et le déplace, sur la table puis sur le plancher. Enfin, voici la nuit : il s'en va au lit.

Rover se retrouve sur une chaise où on l'a posé, au bord du lit[9], dans la même attitude, jusqu'à l'instant de la nuit noire. On a descendu la jalousie, ce qui ne l'empêche pas de distinguer ce qui se passe dehors. La lune émerge de la mer, déposant sur les flots son chemin argenté qui mène jusqu'à la lisière du monde, et même au-delà, ceux qui savent le parcourir[10]. Papa, maman, et leurs trois garçons habitent sur la mer, dans une maison blanche qui fait face aux vagues et, au-delà des vagues, face à l'infini.

Les trois garçons se sont endormis. Rover étend ses papattes fatiguées et raidies ; il lance un aboiement

léger que personne n'entend, sauf une malfaisante araignée suspendue dans un angle. Alors, il saute de la chaise sur le lit, et du lit il effectue une cabriole jusqu'au tapis. Ensuite, il court hors de la chambre, dévale l'escalier et traverse la maison. Il est bien heureux de pouvoir bouger de nouveau. Ayant été un vrai chien, et tout à fait vivant, il peut sauter et courir nettement mieux que la plupart des jouets ne font la nuit. Néanmoins il trouve très difficile, et même dangereux, cet exercice qui consiste à se déplacer. Il est devenu si petit que descendre un escalier c'est comme sauter d'un mur. Quant à le remonter, c'est épuisant et angoissant. D'ailleurs, à quoi bon ? Il a trouvé toutes les portes fermées, et à clé évidemment. Pas la moindre fissure, pas le plus petit trou par où s'échapper en rampant.

Cette nuit-là, pauvre Rover ne peut pas fuir. Au matin, un petit chien très fatigué, faisant le beau, est assis sur la chaise où il a été laissé.

Par beau temps, les deux aînés ont l'habitude de courir dans le sable avant de prendre le petit déjeuner. Ce matin-là ils s'éveillent, relèvent la jalousie et aperçoivent le soleil qui saute de la mer, rouge ardent, quelques nuages autour de la tête comme s'il venait de prendre un bain froid et se séchait en se frottant avec des serviettes. Voilà nos deux garçons bien vite debout, habillés, qui descendent le chemin de la falaise pour une promenade au bord du rivage ; et Rover avec eux.

Au moment où Fistondeux[11] à qui Rover appartient, se préparait à quitter sa chambre, il l'a aperçu sur la commode où il l'avait posé à l'instant de s'habiller. Il a pensé « il a envie de sortir », et alors il l'a glissé dans la poche de son pantalon. Rover en réalité n'éprouvait nul désir de sortir, et surtout pas dans une poche de pantalon. Il voulait se reposer et se préparer pour la nuit suivante, pensant que cette fois-là il saurait bien trouver un chemin pour s'enfuir, pour vagabonder loin, loin, jusqu'à retrouver sa maison, son jardin, et sa balle jaune sur la pelouse. Il s'est mis dans la tête que, s'il parvenait à revenir sur sa pelouse, tout peut-être s'arrangerait, l'enchantement se dissiperait, ou encore lui Rover s'éveillerait pour découvrir que tout cela n'était qu'un rêve. Voilà pourquoi, alors que les garçons descendent cahin-caha le sentier de la falaise, puis galopent sur le sable, il essaie d'aboyer, il se démène dans la poche afin d'en sortir le museau. Malgré tous ses efforts il ne peut bouger que très peu, bien qu'il soit caché, invisible à tous. Mais il continue tant qu'il en trouve la force et la chance vient à son aide. Dans la poche se trouve un mouchoir, tout fripé, tout bouchonné, de sorte que Rover n'a pas été enfoncé profondément dans cette poche ; grâce à ses efforts, aidé par le galop de son maître, avant longtemps il parvient à mettre le nez à la fenêtre et à flairer au-dehors.

Quelle surprise ! Jusqu'à cet instant il n'a jamais vu ou senti la mer. Il est né dans un village de campagne situé à des kilomètres du bruit et de l'odeur de la mer. Il se penche, et soudain voici qu'un oiseau grand et fort, tout blanc et gris, vient balayer l'air de ses ailes juste au-dessus de la tête des garçons, en poussant des cris. On dirait un grand chat volant. Rover en est tout saisi, si bien qu'il tombe de la poche sur le sable doux, sans que personne l'entende. Le grand oiseau s'éloigne sans porter attention aux aboiements légers, et les jeunes garçons continuent leur promenade sur la plage sans plus penser à lui.

Dans l'instant, Rover est très satisfait. « J'ai filé, j'ai filé ! », aboie-t-il, mais ce sont des aboiements de jouet que seuls des jouets pourraient entendre et aucun n'est là pour l'écouter. Alors il se roule de-ci de-là et s'allonge dans le sable propre et sec, encore frais d'avoir passé la nuit à la lueur des étoiles. Seulement il n'est plus aussi satisfait quand les jeunes garçons sur le chemin du retour ne l'aperçoivent pas et qu'il se retrouve seul, abandonné, sur le rivage désert, ou plutôt déserté sauf par les goélands. Outre les marques de leurs griffes sur le sable, les seules empreintes visibles sont les traces des pieds des garçonnets. Ce matin-là, leur promenade les a conduits sur une partie très isolée de la plage, où ils vont rarement. À vrai dire, il n'est pas fréquent que quiconque aille de ce côté. Pour quelle raison ? Le sable y est propre et jaune, les galets y sont blancs, la mer bleue et son écume argentée dans la petite grotte sous les falaises grises. Seulement il règne en ce lieu une impression étrange, sauf au petit matin quand le soleil est tout neuf. Les gens disent qu'il s'y passe des choses bizarres, parfois même l'après-midi, et que le soir l'endroit est peuplé de tritons et de sirènes, pour ne rien dire des goblins-de-mer de taille réduite qui chevauchent leurs hippocampes dont ils tiennent la bride faite d'algues vertes, au ras des falaises, et les laissent se bercer dans l'écume frisant les vagues.

La raison de toutes ces étrangetés est simple. Dans cette grotte habite le plus ancien de tous les sable-sorciers, les Psamathistes comme le peuple des flots les nomme dans son langage clapotant[12]. Le nom de celui-là est Psamathos Psamathidès, du moins l'affirme-t-il en faisant tout plein de chichis pour insister sur la prononciation correcte[13]. Cet aspect mis à part, c'est un vieux bonhomme tout plein de sagesse, et quantité de gens de cet étrange peuple viennent le voir car il est excellent magicien, et pour les gens de bien un négociateur très aimable, bien que d'un abord un peu bourru. Ses plaisanteries font rire le peuple-des-flots pendant des semaines après les fêtes qu'il donne, à minuit. Toutefois, dans la journée, le rencontrer n'est pas facile. Il aime à s'enterrer dans le sable chaud quand le soleil brille, de sorte qu'on voit tout juste dépasser l'extrémité d'une de ses longues oreilles[14] ; et, même si les deux s'offrent à la vue, la plupart des gens comme vous et moi les confondent avec des morceaux de bois.

Il est bien possible que le vieux Psamathos n'ignore rien de Rover ; en tout cas, il connaît certainement le vieux sorcier qui lui a jeté un sort, car magiciens et sorciers sont peu nombreux, et éloignés, mais ils se connaissent très bien et chacun garde un œil sur les actes des autres ; en effet, dans la vie privée, ils ne sont pas toujours les meilleurs amis. En tout cas, voici notre Rover allongé dans le sable doux, il commence à se sentir très seul et un peu bizarre ; et voilà Psamathos, que Rover n'aperçoit pas mais qui l'observe du coin de l'œil à travers un tas de sable que les sirènes ont édifié pour lui la nuit précédente. Le sablesorcier ne dit rien ; Rover ne dit rien. Le temps du petit déjeuner est passé, le soleil, haut dans le ciel, est bien chaud. Rover regardc la mer, qui lui semble fraîche, et voici qu'une horrible frayeur l'envahit. D'abord, il pense que le sable lui brouille la vue, mais bientôt il lui faut se rendre à l'évidence : la mer approche, de plus en plus, avalant toujours davantage le sable ;

et les vagues grossissent et grossissent, toujours plus chargées d'écume. La marée monte et lui, Rover, se trouve étendu juste au-dessous de la trace laissée par la marée haute ; mais il ignore tout du mouvement de la mer et plus il observe plus il a peur. Il pense que ces vagues qui éclatent vont monter jusqu'au sommet des falaises et l'expédier dans la mer écumeuse, lui Rover, figé dans son attitude : faisant le beau. Bien pire que les bains savonneux…

Cela eût pu arriver, c'est vrai ; mais cela n'arriva pas et je dois dire que Psamathos y fut pour quelque chose. En tout cas, j'imagine que le maléfice du sorcier ne pesait pas aussi lourd dans cette grotte bizarre, si proche de la demeure d'un autre magicien. Ce qui est sûr, c'est que, au moment où la mer va le toucher, Rover presque paralysé par la peur et qui lutte désespérément afin de rouler un peu plus loin, vers le haut de la plage, s'aperçoit subitement qu'il peut se bouger.

Sa taille n'a pas changé, mais il a cessé d'être un jouet. Il peut se déplacer rapidement, et tout seul, sur toutes ses papattes, bien que ce soit encore le jour. Il n'a plus besoin de faire le beau et peut courir sur le sable là où le sable est durci. Il peut même aboyer, ah non, pas comme un jouet, mais en lançant de joyeux aboiements de chien enchanté, proportionnés à sa dimension de chien enchanté. Il en est si heureux, et il aboie si fort, que vous pourriez entendre ses cris si vous étiez présent : clairs, comme venant de loin, échos d'un chien de berger dévalant la colline en compagnie du vent.

C'est alors que le sablesorcier sort subitement la tête. Il est laid, sans doute possible, et de la taille d'un très grand chien, à peu près ; mais à Rover réduit à sa taille enchantée il semble hideux et monstrueux. À la seconde même, Rover cesse d'aboyer, et s'assied.

« Pourquoi diable remplis-tu l'air d'un bruit pareil, petit chien ? questionne Psamathos Psamathidès ; c'est l'heure de ma sieste. »

En vérité, dans son esprit, toute heure est bonne pour la sieste, sauf s'il a une affaire en train qui l'amuse, par exemple une danse de sirènes dans la grotte – à sa demande seulement. En pareil cas, il se dégage du sable et s'assied sur un rocher, histoire de rire, car les sirènes peuvent montrer beaucoup de grâce en nageant, mais quand, sur le rivage, elles essaient de danser sur leur queue, Psamathos les trouve du plus haut comique.

« C'est l'heure de ma sieste, répète-t-il en constatant que Rover ne répond pas, et cette seconde fois il ne dit toujours rien, se contentant de remuer la queue comme pour s'excuser. Sais-tu qui je suis ? Je suis Psamathos Psamathidès, chef de tous les Psamathistes[15]. »

Et il répète, et répète encore, plusieurs fois, tout fier, articulant chaque lettre ; et, à chaque P qu'il prononce son nez souffle un nuage de sable, au point que Rover s'en trouve presque recouvert, ce qui le fait paraître si effrayé, si malheureux que le sablesorcier le prend en pitié : d'un coup, il abandonne son air féroce et éclate de rire.

« Tu es un petit chien vraiment drôle, Microchien ! Ah, c'est vrai, je ne me rappelle pas avoir vu un autre petit chien qui soit un pareil petit chien, Microchien ! »

Et le voici reparti à rire, jusqu'à l'instant où, subitement, il prend l'air solennel et demande, d'une voix murmurante :

« Te serais-tu disputé avec des magiciens, récemment ? »

Il a fermé un œil, il se montre si amical, si soucieux de faire connaissance, que Rover lui raconte tout. Sans doute n'est-ce pas vraiment nécessaire car Psamathos, ainsi que je vous l'ai dit, est déjà au courant de toute l'aventure ; mais Rover se trouve si bien de pouvoir parler à quelqu'un qui semble le comprendre et qui a plus d'intelligence que les simples jouets…

« Un magicien, c'est clair ! dit-il quand Rover a fini son récit. D'après ta description, je dirais que c'est le vieil Artaxerxès[16]. Il vient de Perse et un jour il a perdu sa route, ce qui parfois arrive aux meilleurs, sauf s'ils restent toujours chez eux, comme moi. La première personne qu'il a rencontrée, au lieu de le remettre sur son chemin, l'a orienté vers Côte-de-Perse, et depuis lors il vit par ici, sauf pendant ses vacances. On dit que, pour un vieil homme – deux mille ans, et bien sonnés –, il est encore un très agile cueilleur de prunes, et qu'il adore le cidre. Mais cela n'a rien à voir avec notre affaire. (Psamathos veut dire par là qu'il s'écarte de son sujet). Le problème est : que puis-je faire pour toi[17] ?

— Je ne sais pas, admet Rover.

— Voudrais-tu retourner chez toi ? J'ai peur de ne pas pouvoir te rendre ta taille, en tout cas pas sans demander d'abord la permission à Artaxerxès, car pour l'instant je ne juge pas souhaitable de me disputer avec lui. Mais je crois pouvoir me risquer à te renvoyer chez toi ; après tout, Artaxerxès pourra toujours te faire revenir s'il le désire. Évidemment, il lui restera la possibilité de t'expédier, la prochaine fois, dans un endroit bien pire qu'une boutique de jouets, s'il est vraiment contrarié. »

Rover n'aime pas du tout ce genre de langage. Il

se risque à dire que, s'il retourne chez lui dans cet état, si petit, il pourrait bien n'être pas reconnu, sauf par Tinker le chat, et il n'a pas vraiment envie d'être reconnu par Tinker dans l'état où il est.

« Très bien ! Il nous faut envisager autre chose. En attendant, puisque tu as retrouvé ta nature, aimerais-tu quelque nourriture ? »

Avant que Rover ait le temps de dire « Oui, s'il vous plaît. OUI, S'IL VOUS PLAÎT ! », voici qu'apparaissent devant lui, sur le sable, une petite assiette garnie – pain, jus de viande – et deux petits os exactement de la taille qu'il aime, ainsi qu'une jatte remplie d'eau et qui porte, en petites lettres bleues, une inscription circulaire : BOIS, CHIOT, BOIS ! Il avale le tout, avant de questionner :

« Comment avez-vous fait ça ? Merci ! »

Il a, tout à coup, pensé à ajouter ce « merci », puisque les magiciens et les gens de leur espèce paraissent assez susceptibles. Psamathos se contente de sourire. Alors, Rover s'allonge sur le sable chaud et s'abandonne au sommeil. Il rêve d'os, de chats qu'il poursuit autour de pruniers rien que pour les voir se changer en magiciens coiffés de chapeaux verts et qui lui jettent des prunes grosses comme des courges. Pendant ce temps, le vent qui souffle doucement le recouvre de sable presque entièrement jusqu'à la tête. Voilà pourquoi il reste invisible aux jeunes garçons, qui pourtant sont allés à sa recherche, descendant jusqu'à la grotte, dès que Fistondeux s'est aperçu qu'il l'avait perdu. Cette fois, leur père les accompagne. Ils cherchent, ils cherchent jusqu'à ce que le soleil commence à décliner, annonçant l'heure du thé ; alors, il refuse de rester plus longtemps, et les ramène à la maison car il sait que trop de choses étranges sont attachées à ce lieu. Fistondeux devra se contenter, peu après, d'un chien jouet ordinaire, à trois francs, venant de la même boutique. Mais quelque part dans sa tête, bien qu'il ait possédé Rover si brièvement, il n'oublie pas son chiot-qui-fait-le-beau.

En cet instant il faut l'imaginer assis devant sa tasse de thé, très morose, sans aucun chien. Bien loin de là, dans les terres, la vieille dame qui possédait Rover et qui le gâtait, à l'époque où il était un animal ordinaire, de taille normale, écrit au même instant une annonce concernant un chiot perdu : « Blanc, oreilles noires ; il répond au nom de Rover. » Quant à Rover, il est endormi bien loin de là, sur le sable, et Psamathos sommeille à côté de lui, ses bras courts croisés sur son bedon.

2

Quand Rover s'éveille le soleil est très bas, l'ombre des falaises traverse tout droit le sable, et Psamathos n'est visible nulle part. Un goéland de grande taille posé près de Rover l'observe, et le chien connaît un moment d'angoisse : ne se prépare-t-il pas à l'avaler ? Mais l'oiseau lui dit :

« Bonsoir. Voilà un moment que j'attends ton réveil. Psamathos m'avait dit : ce sera vers l'heure du thé, mais elle est passée depuis belle lurette ! »

Très poliment, Rover réplique :

« S'il te plaît, pourquoi donc m'as-tu attendu ?

— Je m'appelle Cendré, dit le goéland, et je t'attends pour te mener sur le sentier de la lune aussitôt qu'elle se lèvera[18]. Avant cela, nous avons une ou deux choses à faire. Saute sur mon dos, on va voir si tu apprécies de voler. »

Cette idée commence par ne pas plaire du tout à Rover. Tant que Cendré demeure au ras du sol, tout va bien ; il glisse doucement, ailes déployées, tendues, en silence. Mais quand il s'élance en l'air ou prend un virage aigu, changeant de route à tout instant, ou encore quand il vire sur l'aile en piqué sans prévenir, comme pour plonger dans les flots, le petit chien qui sent le vent siffler dans ses oreilles n'éprouve qu'un désir : se retrouver en sûreté sur le plancher des vaches. Seulement, chaque fois qu'il le dit, Cendré se borne à répondre :

« Accroche-toi ! Autant dire qu'on n'a pas commencé. »

Ils volent ainsi un petit moment, et Rover commence tout juste à s'habituer, sans y trouver un réel intérêt, quand subitement Cendré annonce « Décollage ! », et Rover se trouve presque culbuté car le goéland file à la verticale comme une fusée puis se pose à vive allure dans le courant du vent. Ils se trouvent bientôt à une telle altitude que Rover peut voir, bien loin à travers la région, le soleil descendant au-delà de sombres collines. Ils se dirigent maintenant vers de très hautes falaises noires, aux rochers à pic si escarpés que personne ne pourrait les gravir[19]. Tout en bas, la mer clapote au pied des falaises comme si elle suçait leur base ; sur ce sol rien ne pousse ; tout ce qu'on aperçoit ce sont des choses blanches, pâles dans l'obscurité. Des centaines d'oiseaux de mer sont assis là, sur des corniches, se parlant parfois d'un ton lugubre puis se taisant, ou encore plongeant de leur perchoir dans le vide, d'un coup, en piqué, avant de décrire des courbes puis de plonger une nouvelle fois, vers la mer tout là-bas, si bas que les vagues ne sont plus que de petites rides.

C'est là que Cendré vit habituellement, et il doit rencontrer plusieurs congénères, notamment le plus ancien et le plus notable des goélands « Croupions Noirs » ; il lui faut aussi, avant de repartir, faire la collecte du courrier. Il dépose donc Rover sur l'une de ces étroites corniches, bien plus étroites qu'une marche, en lui disant de l'attendre et de prendre bien garde à ne pas tomber !

On peut être tranquille : Rover prend bien soin de ne pas tomber. Sur son escarpement, avec le vent qui souffle, il se sent vraiment mal à l'aise ; il se blottit au bord de la falaise, au ras du sol autant qu'il peut, et il pleurniche... C'est vraiment l'endroit le plus désagréable où on puisse déposer un petit chien ensorcelé, tout bourré d'angoisse.

Le soleil finit par disparaître entièrement de la surface du ciel ; une brume s'étend sur les flots, les premières étoiles s'allument, dans l'obscurité qui s'épaissit. Alors, au-dessus de la brume, emplissant jusqu'à l'horizon, dominant la mer, la lune se lève ronde, jaune, et dépose progressivement sur les flots son sentier tout brillant.

Peu après, Cendré revient rechercher Rover qui s'est mis à frissonner et se sent bien misérable. Comme les plumes de l'oiseau lui semblent chaudes et confortables après cette froide corniche de la falaise ! Il s'y enfouit autant qu'il peut. Cendré prend alors son essor, survolant la mer à très haute altitude, et tous les autres goélands quittent leur corniche et les saluent de leurs cris d'adieu lorsqu'ils s'engagent sur le chemin lunaire qui, maintenant, s'étend tout droit du rivage jusqu'à la ténébreuse frontière de nulle part.

Rover ignore totalement où ce chemin peut bien conduire, mais en cet instant il est bien trop effrayé et excité pour poser la question ; et de toute façon il commence à s'habituer à ce que des choses extraordinaires lui arrivent. Ils poursuivent leur vol au-dessus du sentier argenté posé sur la mer. La lune s'élève, toujours plus haut, toujours plus blanche, toujours plus brillante ; les étoiles n'osent plus l'approcher, elle resplendit seule à l'orient. Cendré se guide, ce n'est pas douteux, suivant les ordres de Psamathos, afin d'arriver là où Psamathos a décidé. Il n'est pas douteux non plus que Psamathos lui apporte une aide magique, car il vole plus vite que les grands goélands ne font d'ordinaire, il fend l'air d'une manière plus tranchante, même contre le vent quand ils se dépêchent. Un temps fou s'écoule avant que Rover aperçoive autre chose que le clair de lune et, au-dessous, la mer. L'astre ne cesse de grandir, l'air ne cesse de se refroidir ; et voilà que, soudain, à la surface des eaux, il distingue quelque chose de noir ; à mesure qu'ils se rapprochent, la chose prend de l'ampleur, et Rover se rend compte que c'est une île. De la mer, jusqu'à eux, monte une immense rumeur faite d'aboiements, un bruit composé de toutes les variétés et de toutes les ampleurs : jappements, glapissements, braillements, hurlements, ronchonnements et grognonnements, gémissements et geignements, grondements et grognements, larmoiements et soufflements. Autour du cou de Rover chaque poil devient soudainement très réel et se dresse raide comme une brosse. Le chiot se dit qu'il aimerait descendre, sur-le-champ, pour se mêler à cette immense dispute de chiens ; mais il se rappelle alors à quel point il est petit.

« L'Île des Chiens, énonce Cendré, ou plus exactement l'île des Chiens Perdus, peuplée de tous ces chiens perdus qui sont méritants ou heureux[20]. Je me suis laissé dire que, pour eux, ce n'est pas un séjour désagréable. Ils peuvent y faire autant de bruit qu'ils veulent sans que quiconque vienne leur dire de se taire ou leur jeter n'importe quoi. Chaque fois que brille la lune ils exécutent un joli concert en mêlant leurs aboiements favoris. On m'a dit qu'il existait aussi sur cette île des arbres-à-os dont les fruits, semblables à de bons os de viande bien juteux, tombent d'eux-mêmes quand ils sont mûrs. Non, non, ce n'est pas là que nous allons maintenant. Vois-tu, on ne peut pas dire que tu sois vraiment un chien, bien que tu aies cessé d'être un pur jouet. En fait, je crois bien que Psamathos ne savait pas trop quoi faire de toi quand tu lui as dit que tu ne désirais pas retourner chez toi.

— Alors, où allons-nous ? questionne Rover déçu de ne pas voir de plus près l'île aux Chiens alors qu'il vient d'entendre parler des arbres-à-os.

— On remonte le chemin lunaire jusqu'à la frontière du monde, que nous allons passer ; ensuite, direction la lune. Voilà ce qu'a dit le vieux Psamathos. »

Rover n'aime pas du tout la perspective de passer par-dessus le rebord du monde, et la lune lui apparaît comme un lieu de séjour plutôt froid.

« Pourquoi la lune ? Il y a dans le monde des tas d'endroits où je ne suis jamais allé. Jamais je n'ai entendu dire que sur la lune il y avait des os, ou même des chiens.

— Des chiens ? Il y en a au moins un, celui du Lune-homme[21]. Étant donné que c'est un très bon garçon, en même temps que le plus grand de tous les magiciens, il y a sûrement des os pour le chien, et probablement aussi pour les visiteurs. Quant aux motifs de ton voyage là-bas, j'ose dire que tu les connaîtras en temps utile si tu gardes la tête froide au lieu de bougonner pour rien. À mon avis, Psamathos est vraiment gentil de se faire du souci à propos de toi, et pour tout dire je ne comprends même pas pourquoi il se tracasse. Cela ne lui ressemble pas de faire des choses sans une grosse bonne raison, et tu n'es ni gros ni bon, semble-t-il.

— Je te remercie – Rover se sent humilié. Tous ces magiciens sont bien bons de se tracasser pour moi, ça c'est sûr, et c'est même plutôt angoissant. Une fois qu'on est mêlé à ces gens-là et à leurs amis, on ne sait plus ce qui va se produire.

— De toute façon, c'est un sort bien meilleur que ne mérite un chiot jappeur ! » conclut le goéland.

Après quoi, pendant un bon moment, ils ne s'adressent plus la parole.

La lune grandit encore et surbrille. Au-dessous d'eux, le monde devient plus ténébreux et plus lointain. Pour finir, l'extrémité de l'univers d'un coup se révèle. Rover peut voir sous eux des étoiles étincelantes hors de l'obscurité, et des gouttelettes blanches en suspension dans la clarté lunaire, là où les chutes d'eau tombent par-dessus la limite du monde, à la verticale, dans l'espace. Cette sensation le rend mal à l'aise, la tête lui tourne, il se niche dans les plumes de Cendré et ferme les yeux pour un long, long moment.

Quand il les ouvre de nouveau, toute la surface de la lune s'étend au-dessous d'eux, univers inconnu, blanc, brillant comme neige, aux espaces bleu pâle et vert grands ouverts, sur lesquels de hautes montagnes acérées couvrent le sol de leurs grandes ombres jusqu'à l'horizon. Au sommet de l'une des plus élevées, si haute qu'à l'instant où Cendré amorce sa descente elle prend l'allure d'un poignard dressé vers eux, Rover peut distinguer une tour blanche, blanche et striée de lignes rose et vert pâle, miroitante comme si la construction était faite de millions de coquillages encore humides, luisants d'écume[22]. Cette tour se dresse au bord d'un précipice blanc, aussi blanc qu'une falaise de craie mais que la clarté lunaire rend plus étincelant qu'une surface de verre posée dans le lointain sur une nuit sans nuages. Autant que Rover puisse voir, aucun chemin ne descend de la falaise, mais pour l'instant ce détail est sans importance car Cendré s'approche en planant, assez rapidement à vrai dire, et bientôt se pose juste sur le toit de la tour, à une hauteur si vertigineuse au-dessus de l'univers lunaire que les falaises marines où le goéland a l'habitude de vivre paraissent, en comparaison, aussi basses que sûres.

À la grande surprise de Rover, une petite porte s'ouvre immédiatement dans le toit, juste à côté d'eux, et un vieil homme à la longue barbe argentée y passe la tête.

« Pas mal du tout ! commente-t-il. Je vous observe depuis que vous avez franchi le rebord du monde. J'ai calculé : mille huit cent vingt-neuf kilomètres à la minute, on est pressé ce matin. Je suis content que vous n'ayez pas heurté mon chien ; où peut-il bien avoir filé sur la lune celui-là, je me le demande. »

Il brandit un télescope d'une infinie longueur et le porte à son œil :

« Le voici, le voici ! À tracasser les rayons de lune, une fois de plus. Maudit chien ! Viens ici, monsieur ! Ici, monsieur ! »

Il commence par l'appeler ainsi, puis émet un sifflement prolongé, si pur qu'on dirait de l'argent. Rover lève les yeux, se disant que ce drôle de vieux bonhomme doit être complètement fou pour siffler ainsi son chien en l'air ; mais à sa grande surprise il

aperçoit, là-haut là-haut au-dessus de la tour, un petit chien blanc équipé d'ailes blanches qui pourchasse des choses semblables à des papillons transparents. Le vieil homme renouvelle son appel.

« Rover ! Rover ! »

À cet instant, Rover saute sur le dos de Cendré, s'apprêtant à dire : « Me voici » ; sans même se demander comment ce vieil homme peut connaître son nom. Mais voilà que le petit chien volant débouche d'un coup hors du ciel et se pose sur les épaules du vieux. Alors, Rover imagine que le chien du Lunehomme doit, lui aussi, s'appeler Rover. Cela ne lui plaît pas du tout, mais comme personne ne s'occupe de lui il se rassied, et se met à grommeler pour lui tout seul. Le Rover du Lunehomme a de bonnes oreilles. Le voici qui saute sur le toit de la tour et commence à aboyer comme un fou ; puis il s'assied et grogne.

« Qui a apporté cet autre chien ?

— Quel autre chien ? questionne l'homme.

— Ce chiot stupide, sur le dos du goéland. »

Évidemment, Rover saute de ce dos-là et aboie aussi fort qu'il peut.

« Stupide chien toi-même. Qui a dit que tu pouvais t'appeler Rover, toi qui as l'allure d'un chat ou d'une chauve-souris plutôt que d'un chien ? »

Cette déclaration vous laisse comprendre qu'ils se préparent à devenir très vite de très bons amis. C'est ainsi en effet que les petits chiens s'adressent habituellement aux inconnus de leur race. Le Lunehomme s'écrie :

« Oh ! fichez-moi le camp tous les deux, et arrêtez de faire autant de bruit. Je veux parler au facteur.

— Viens par ici, marmot, intime le lunechien. »

Rover alors se rappelle à quel point il est petit, même à côté du lunechien qui, lui, est seulement petit. Alors, au lieu de lâcher une brutalité aboyée, il se contente de dire :

« J'aimerais bien venir, si seulement j'avais des ailes et si je savais voler.

— Des ailes ? dit le Lunehomme. C'est facile, en voici une paire ; et maintenant, hop ! »

En riant, Cendré se secoue et se débarrasse de Rover qui tombe juste au bord du toit de la tour, mais il ne sursaute qu'une seule fois : à peine a-t-il le temps de s'imaginer tombant tombant comme une pierre sur les rocs blancs de la vallée, à des kilomètres au-dessous, qu'il se découvre pourvu d'une belle paire d'ailes blanches tachetées de noir, à l'image de son pelage. Tout de même, n'ayant pas l'habitude des ailes, il a effectué une belle chute avant de s'arrêter !

Il lui faut un petit moment pour s'y faire, et il se met à pourchasser le lunechien autour de la tour bien avant que le Lunehomme ait fini de parler à Cendré. Mais il commence à se sentir fatigué de ces premiers efforts, et voici que le lunechien plonge en piqué vers le sommet montagneux puis s'installe au bord du précipice, au pied des murs. Rover le rejoint ; ils sont maintenant assis côte à côte, langue pendante.

« Ainsi, on t'a appelé Rover d'après moi ? questionne le lunechien[23].

— Pas d'après toi. Je suis sûr que ma maîtresse, quand elle m'a donné ce nom, n'avait jamais entendu parler de toi !

— Aucune importance. Dans toute l'histoire, je suis le premier chien nommé Rover, il y a des milliers d'années de cela ; il est donc certain qu'on t'a appelé

The White Dragon pursues Roverandom & the Moondog.

d'après moi. Il est bien vrai que j'étais aussi coureur, vagabond, routier[24]. Avant de venir ici, je ne me suis jamais arrêté où que ce soit et je n'ai jamais eu de maître. Depuis le jour où je suis devenu chiot je n'ai pas cessé de courir ; j'ai roulé ma bosse, j'ai vagabondé jusqu'au moment où, un beau matin, un très beau matin où le soleil caressait mes yeux, je suis tombé par-dessus le rebord du monde en pourchassant un papillon. Sensation bien désagréable, ah ça je peux te le dire. Par bonheur, à cet instant tout juste la lune passait sous le monde[25]. Pendant un bon moment, que j'ai trouvé terrible, j'ai chuté droit à travers les nuages, cognant les étoiles filantes, tu vois le truc, et je me suis retrouvé les pattes en l'air, heurtant comme une claque une de ces immenses toiles argentées que les gigantesques araignées grises d'ici tissent d'une montagne à l'autre. L'araignée alors est descendue de son échelle avec l'intention de me faire mariner dans son garde-manger. C'est alors que le Lunehomme a fait son apparition. Grâce à son télescope il voit, sans aucune exception, tout ce qui se passe sur cette face de la lune. Les araignées le craignent, car il les laisse tranquilles seulement quand elles tissent pour lui des fils et des cordes en argent. Il les soupçonne, et c'est peu dire, d'attraper ses rayons de lune, ce qu'il n'accepte à aucun prix, bien qu'elles prétendent ne se nourrir que de papillons de nuit et de chauves-souris de l'ombre. Dans le garde-manger de cette araignée il a trouvé des ailes de rayon lunaire ; alors, en un rien de temps, il l'a changée en un gros bloc de pierre.

» Ensuite, il m'a emporté. Il me caressait, disant : mauvaise chute ; mieux vaudrait que tu possèdes une paire d'ailes pour prévenir tout accident. Bon, maintenant va voler et t'amuser. Ah, n'ennuie pas mes rayons de lune, ne tue pas mes lapins blancs, et reviens quand tu auras faim ; en général, la fenêtre du toit est ouverte.

» Je l'ai trouvé bon garçon, quoique un peu fou. Ne fais-tu pas la même erreur, je veux dire à propos de cette impression de folie. Je n'ose pas vraiment toucher à ses rayons ou à ses lapins, car il est capable de vous donner des formes horriblement inconfortables... Bon, maintenant raconte-moi comment tu es venu ici avec le facteur.

— Le facteur ? demande Rover.

— Oui. Cendré bien sûr, le facteur du vieux sable-sorcier, répond le lunechien. »

À peine Rover a-t-il achevé le récit de ses aventures qu'ils entendent l'Homme siffler. D'un coup ils sautent sur le toit, et le trouvent assis, jambes ballantes par-dessus la corniche. À mesure qu'il ouvre les lettres il jette les enveloppes dans l'atmosphère ; le vent les emporte en tourbillonnant vers le ciel et Cendré, lancé à leur poursuite, les ramasse et les entasse dans son petit sac.

« Je viens de lire des correspondances à ton sujet, Roverandom mon chien. Je t'appelle Roverandom et ce nom te restera car je ne peux pas avoir deux Rover à domicile. Je partage entièrement l'avis de mon ami Samathos – je ne vais pas ajouter son P ridicule pour lui faire plaisir. Pour lui, mieux vaut que tu restes ici un petit bout de temps. J'ai reçu également une lettre d'Artaxerxès, si tu vois qui je veux dire, et si tu ne vois pas c'est pareil. Il me demande de te renvoyer immédiatement ; il semble profondément ennuyé que tu aies filé, et avec l'aide de Samathos ! Mais nous n'allons pas nous tracasser pour lui, et toi pas davantage aussi longtemps que tu seras ici. À présent, vole, amuse-toi, n'ennuie pas mes rayons de lune, ne tue pas mes lapins blancs et rentre quand tu auras faim, la fenêtre du toit est généralement ouverte. Au revoir[26]. »

Et sur-le-champ il s'évanouit dans l'air impalpable. Quiconque ne s'est jamais rendu dans cet endroit vous dira que le luneair est extrêmement impalpable.

« Eh bien, au revoir, Roverandom, dit Cendré. Tu es content, j'espère, de semer le trouble chez les magiciens. Pour l'instant, adieu ; ne tue pas les lapins blancs et tout ira bien, tu rentreras chez toi sain et sauf, que tu le désires ou non. »

Et Cendré file à une allure telle qu'il n'est plus qu'un point dans le ciel avant que vous ayez pu dire « pschitt » ; et il disparaît à la vue. Pauvre Rover ! Non seulement on l'a réduit à la taille d'un jouet, mais on a aussi modifié son nom, et voici que maintenant on l'abandonne sur la lune, tout seul à l'exception du Lunehomme et de son chien.

À dire vrai, Roverandom – autant l'appeler ainsi maintenant pour éviter toute confusion – ne s'en soucie point. Ses ailes toutes neuves l'amusent beaucoup, et la lune se révèle un terrain d'un remarquable intérêt, si bien qu'il ne pense plus à ruminer les raisons qui ont poussé Psamathos à l'y expédier. Un bon moment va passer avant qu'il les découvre[27]. En attendant, toutes sortes d'aventures le guettent, lui et aussi Lunerover – autant l'appeler ainsi à son tour. Il ne s'élance pas souvent dans l'air en décollant de la tour car sur la lune, particulièrement sur sa face blanche, les insectes sont de grande taille, et féroces ; souvent si pâles également, et si transparents et silencieux que c'est à peine si on les entend et si on les voit. Seuls les rais de lune brillent et palpitent, Roverandom n'en a pas peur ; les grandes phalènes aux yeux terrifiants l'impressionnent bien davantage, et il faut encore compter avec les mouches-épées et les escarbots dont les mâchoires sont comme des pièges d'acier ; avec les licornettes pâles aux dards comme des éperons ; avec les cinquante-sept variétés d'araignées prêtes à avaler tout ce qu'elles peuvent attraper. Enfin, pire que tous les insectes, il y a les chauves-souris de la mort[28].

Voilà pourquoi Roverandom se conduit comme les oiseaux, sur cette face de la lune. Il vole très peu, sauf à proximité de la maison ou dans des espaces ouverts, quand la vue peut s'étendre partout et qu'on se trouve bien loin des caches d'insectes. Il se promène tranquillement, dans les bois en particulier. En vérité, dans ces endroits, la plupart des êtres se promènent bien tranquillement, et même il est rare que les oiseaux gazouillent. Les sons qu'on entend sont dus, surtout, aux plantes ; la musique est l'œuvre des fleurs, du matin au soir : blanclochettes, beauclochettes, argenclochettes, tinteclochettes et rosesons ; royalrimes et sifflesons, trompétains, corcrèmes très pâles, et tant d'autres aux noms intraduisibles. Les herbeplumes et fougères, cordes de violon de fée, langues de cuivre, polyphonies ; le claqueur-des-bois, enfin les roseaux des étangs-blancs-comme-lait entretiennent doucement cette musique, jusque dans la nuit. En fait, à tout instant se joue une légère et fine musique[29].

Les oiseaux, eux, sont silencieux, et en majorité de très petite taille. Ils sautillent dans l'herbe grise, sous les arbres, évitant les mouches ou les pipaillons plongeants. La plupart de ces oiseaux ont perdu leurs ailes ou ne savent plus s'en servir. Roverandom les fait sursauter dans leurs petits nids posés à terre, quand il avance dans l'herbe pâle, traquant les petites souris blanches ou reniflant les écureuils gris à l'orée des bois.

Ces bois regorgent d'argenclochettes qui, à sa vue, sonnent avec un bel ensemble. Hors du tapis d'argent, les troncs noirs s'élèvent haut et droit, comme des églises ; couverts de feuilles bleu pâle persistantes qui ont toujours empêché le plus puissant télescope terrestre d'apercevoir ces troncs élancés ou les argenclochettes à leur base. Dans le courant de l'année, tous ces arbres éclatent en fleurs d'or pâle, et les forêts lunaires s'étendent presque à l'infini ; il n'est pas douteux que, vu de l'univers au-dessous, l'aspect de l'astre s'en trouve altéré[30].

On ne doit pas imaginer toutefois que Roverandom passe tout son temps à ramper ainsi dans l'herbe. Après tout, les chiens savent que l'œil du Lunehomme ne les quitte pas. Ils s'abandonnent à une riche série d'aventures, s'amusant comme des petits fous. Parfois, ils partent ensemble en promenade, couvrant des dizaines de kilomètres, et pendant des jours ils vont jusqu'à oublier de revenir à la tour. Une fois ou deux ils ont même filé jusqu'aux montagnes, bien loin, au point qu'en regardant en arrière ils ont pu voir la tour lunaire réduite à la taille d'une brillante aiguille, à l'horizon. Alors ils se sont assis sur les rocs blancs, regardant les petits moutons, pas plus grands que le Rover du Lunehomme, qui se promènent en troupeau sur les collines. Chaque mouton porte une clochette d'or, chaque clochette sonne quand l'animal avance à la recherche d'une nouvelle herbe grise à brouter. Toutes les clochettes tintent dans le ton, et tous les moutons brillent comme neige. Personne ne vient les importuner ; les deux Rovers sont beaucoup trop bien dressés et ils ont trop peur du Lunehomme pour oser ; et sur toute la surface de la lune il n'existe pas d'autre chien, ni d'ailleurs de vaches, de lions, de tigres ou de loups. En fait de quadrupèdes on ne trouve rien de plus grand que les lapins et les écureuils, de la taille d'un jouet ; sinon, exceptionnellement, solennel et méditatif, un énorme éléphant blanc presque aussi grand qu'un âne[31]. Je ne mentionne pas ici les dragons car ils ne sont pas encore entrés dans notre histoire, et de toute façon ils vivent dans une région très éloignée de la tour, ayant grand-peur du Lunehomme à une seule exception, qui en a tout de même une petite peur.

Chaque fois que les chiens regagnent la tour et volent jusqu'à la fenêtre, ils trouvent leur dîner tout prêt, comme s'ils avaient fixé l'heure ; mais il est rare qu'ils voient le bonhomme ou l'entendent car il a un atelier en bas, dans les caves, et l'on voit couramment une vapeur blanche et une brume grisâtre grimper l'escalier et s'échapper par les fenêtres supérieures.

« Que peut-il bien faire, toute la journée ? demande Roverandom à Rover.

— Faire ? Oh, il est toujours assez occupé. Depuis ton arrivée, il me semble même l'être plus que je ne l'ai vu depuis longtemps. Il doit fabriquer des rêves…

— Et dans quel but, fabriquer des rêves ?

— Oh ! Pour l'autre face de la lune ; sur celle-ci personne ne rêve ; les rêveurs sont tous sur la face cachée… »

Roverandom s'assied et gratte le sol. Il ne trouve pas que cette explication soit explicative, mais le lunechien ne lui en dit pas plus et, si vous voulez mon avis, c'est parce qu'il n'en sait pas plus.

Peu importe, car bientôt survient un événement qui chasse ces questions de l'esprit de Roverandom pour un moment. Nos deux chiens, lors d'une promenade, courent une aventure très excitante, beaucoup trop à vrai dire, mais par leur faute. Ils s'en vont pour plusieurs jours, et bien plus loin que jamais depuis l'arrivée de Roverandom ; sans se soucier d'ailleurs de savoir où ils vont. Et voilà qu'ils se perdent ! Se trompant de route ils s'éloignent toujours plus de la tour alors qu'ils croient s'en rapprocher. Le lunechien a raconté qu'il avait rôdé sur toute la face visible – blanche – de l'astre et la connaissait par cœur. Il possède une remarquable tendance à l'exagération. Finalement, il lui faut bien admettre que le pays lui semble un peu étrange.

« Je crois bien qu'un très long temps s'est écoulé depuis mon dernier passage ; je commence à oublier un peu. »

En fait, jusqu'à cet instant, jamais il n'est venu par là. Ils se sont égarés sans en prendre conscience, trop près du bord ombreux de la face cachée où stagnent toutes sortes de choses à demi oubliées, où se brouillent les chemins et les souvenirs. À l'instant même où ils se croient sûrs d'avoir, enfin, retrouvé leur route vers la maison, ils découvrent avec surprise que de hautes montagnes se dressent devant eux, silencieuses, nues, menaçantes. Celles-là, le lunechien ne prétend pas les avoir déjà vues ! Elles sont grises et non blanches, on les dirait faites de vieilles cendres refroidies ; des vallées obscures s'y étirent, vides de toute vie.

C'est alors que la neige se met à tomber. Il neige

souvent sur la lune, mais cette neige – c'est ainsi qu'on l'appelle – est habituellement douce et chaude, complètement sèche, et se transforme en un fin sable blanc que le vent emporte. En cet instant au contraire la neige ressemble à la nôtre : humide, froide et sale.

« Cela me rend nostalgique, confie le lunechien. Cela ressemble vraiment à ce qui tombait dans ma ville quand je n'étais qu'un chiot ; dans le monde, tu vois ce que je veux dire. Ah, ces cheminées de là-bas, hautes comme des arbres lunaires… et leur fumée noire… et la lueur des fourneaux rougeoyants[32] ! Parfois je me sens un peu fatigué par toute cette blancheur. Sur la lune, se salir vraiment c'est franchement difficile. »

Voilà qui semble indiquer qu'il a des goûts de bas étage. De plus, des villes comme celles-là n'existaient pas dans le monde des centaines d'années auparavant, ce qui permet de voir qu'il a énormément agrandi la durée du temps depuis le jour où il est tombé par-dessus le rebord du monde. Et juste à ce moment un flocon particulièrement grand et sale se colle dans son œil gauche ! Alors il se ravise.

« Cette chose a dû perdre son chemin et tomber de cette saleté de vieux monde. Qu'elle aille au diable ! Il semble bien que nous aussi nous ayons perdu le nôtre. La barbe ! Trouvons un trou, et rampons à l'intérieur[33]. »

Il leur faut quelque temps pour en trouver un, et avant cela ils sont complètement trempés et glacés. À dire vrai, ils se sentent si malheureux qu'ils se contentent du premier abri venu, sans prendre la moindre précaution, alors que c'est pourtant la première chose à faire quand on se trouve en pays inconnu sur le rebord de la lune[34]. Cet abri dans lequel ils rampent n'est pas un trou mais une caverne, et une caverne de grande taille. L'endroit est sombre, mais il est sec.

« Agréable et chaud », estime le lunechien, qui ferme les yeux et plonge presque immédiatement dans le sommeil. Mais, peu après, il lâche un jappement, wouah ! et bondit brusquement hors de son rêve, à la manière-chien : « Beaucoup trop chaud ! »

Il saute sur ses pattes. Plus avant, dans la caverne, il peut entendre les aboiements du petit Roverandom. Il s'en va voir ce qui se passe, et aperçoit une langue de feu qui rampe sur le sol dans leur direction. En cet instant il n'éprouve nullement la nostalgie des foyers rougeoyants, et il saisit par l'arrière du cou le petit Roverandom, pour le sortir de la caverne d'un mouvement rapide comme l'éclair, et fuir avec lui en volant jusqu'à un pic de pierre, à l'extérieur.

Les voilà tous deux assis dans la neige, frissonnant et observant : attitude stupide. Ils auraient dû fuir vers la maison ou même n'importe où, mais plus vite que le vent. Comme vous voyez, le lunechien ne connaissait pas tout de la lune, sinon il eût su que cet endroit était l'antre du Grand Dragon Blanc, celui auquel le Lunehomme n'inspirait qu'une petite peur – et encore tout juste quand il était de mauvaise humeur. À vrai dire, le Lunehomme était lui-même un peu ennuyé par ce dragon, cette « maudite créature » ainsi qu'il l'appelait lorsqu'il lui arrivait d'y faire allusion.

Comme vous le savez sans doute, tous les dragons blancs sont originaires de la lune. Celui-ci avait effectué dans le monde un aller et retour, ce qui lui avait permis d'apprendre une ou deux choses. Au temps de Merlin, il avait affronté le Dragon Rouge à Caerdragon, épisode conté dans tout livre d'histoire bien à jour et à l'issue duquel l'autre dragon était Très Rouge[35]. Ultérieurement il s'en alla ravager les Trois Îles, puis s'établit un certain temps au sommet de Snowdon[36]. Tant qu'il y resta, les gens ne s'avisèrent pas d'y grimper, sauf un homme que le dragon attrapa pendant qu'il buvait au goulot d'une bouteille et qui finit sa bouteille si précipitamment qu'il l'abandonna au sommet, exemple maintes fois imité depuis lors, c'est-à-dire depuis longtemps mais pas jusqu'au départ du dragon pour Gwynfa, peu après la disparition du roi Arthur, à une époque où les rois saxons tenaient la queue de dragon pour un mets d'une rare finesse[37].

Gwynfa n'est pas si éloigné du rebord du monde ; de là, il est facile de voler jusqu'à la lune pour un dragon aussi titanesque et aussi monstrueusement mauvais que celui-là était devenu. À présent il vivait au rebord de la lune, ne sachant pas trop ce dont le Lunehomme était capable avec ses enchantements et ses manigances. Tout de même il avait fini par oser, périodiquement, semer la perturbation dans l'agencement des couleurs. Parfois, c'est-à-dire quand il organisait une fête dragonesque ou bien se mettait en colère, il poussait hors de sa caverne de vraies flammes rouges et vertes ; et des nuages de fumée s'élevaient fréquemment de cet antre. Une fois ou deux, la lune entière était devenue rouge, et on savait que c'était lui[38]. Il avait même osé l'éteindre complètement ! Dans ces circonstances si désagréables, le Lunehomme se cloîtrait en compagnie de son chien. « Encore cette maudite créature ! » voilà tout ce qu'il disait, sans jamais préciser de quelle créature il s'agissait ni le lieu où elle vivait. Il descendait dans ses caves, débouchait ses meilleurs sortilèges et clarifiait les choses aussi vite que possible.

À présent, vous connaissez tout sur le dragon. Ah ! Si les chiens en avaient connu seulement la moitié, jamais ils n'auraient fait halte en cet endroit. Mais ils l'ont faite, cette halte ; du moins sont-ils restés là un temps aussi long qu'il m'en a fallu pour vous conter l'histoire du Dragon Blanc. Pendant ce temps, il s'est glissé hors de la caverne, de la tête à la queue, blanc dragon aux yeux verts, des flammes vertes jaillissant de toutes ses articulations. Ses naseaux crachent de la fumée noire, comme un bateau à vapeur, et voici qu'il émet le plus effrayant des mugissements. Les montagnes frémissent et en renvoient l'écho, des avalanches se précipitent, et les chutes d'eau s'arrêtent[39].

Ce dragon possède des ailes, comme en avaient les bateaux quand ils étaient encore des bateaux et non des machines à vapeur[40]. Il ne dédaigne pas de tuer, son échantillon allant de la souris à la fille d'empereur. Il a bien l'intention de tuer ces deux chiens, il le leur dit et redit avant de prendre son essor, et c'est là son erreur, car tous deux quittent leur rocher à toute vitesse, comme des fusées, et s'engouffrent dans le vent à une allure dont Cendré lui-même serait fier. Le dragon les poursuit, battant des ailes comme un dragon fou, claquant des mâchoires comme Dragon-gueule-de-loup, se cognant aux sommets des montagnes et faisant résonner les clochettes des moutons comme le tocsin d'une ville en flammes. Maintenant, vous comprenez pourquoi ils ont tous des clochettes[41].

Une très grande chance fait que le vent rabatteur les pousse dans la bonne direction. En outre, on aperçoit une fusée très impressionnante qui s'élève de la tour à l'instant où les clochettes sont atteintes de frénésie. On peut la voir survoler la lune, parapluie doré qui explose en mille pompons d'argent et va provoquer sans tarder la chute imprévue d'étoiles filantes sur le monde. Pour les malheureux chiens c'est un guide, et pour le dragon un avertissement ; mais il a craché bien trop de vapeur pour en percevoir la signification.

La poursuite continue donc, féroce. Avez-vous jamais vu un oiseau chassant un papillon ? Pouvez-vous imaginer un oiseau gigantesque, et même plus, pourchassant, au milieu de montagnes blanches, deux papillons parfaitement insignifiants ? Alors vous pouvez tout juste commencer à vous représenter les tortillements, les esquives, les échappées belles et les zigzags sauvages de ce retour ailé à la maison. Avant même d'avoir couvert la moitié de la distance, la queue de Roverandom s'est trouvée roussie, plus d'une fois, par le souffle du dragon.

Mais que fait donc le Lunehomme ? Eh bien, il a commencé par lancer une fusée qui était vraiment de première qualité ; puis il a déclaré : « Maudite soit cette créature », et encore : « Maudits soient ces chiots, ils vont provoquer une éclipse avant terme. » Ensuite, il est descendu dans les caves et il a débouché une magie sombre, noire, semblable à un mélange de goudron et de miel en gelée et qui exhale une odeur de 5 novembre mêlée au bouillon de chou qu'on y verse[42].

À ce moment précis le dragon attaque en piqué, à l'aplomb de la tour, et tend une griffe géante afin d'expédier Roverandom droit dans le vide, nulle part. Mais il n'y parvient pas car le Lunehomme, posté à une fenêtre basse, lance sa magie qui explose en frappant le dragon à l'estomac, particulièrement fragile chez tous ceux de son espèce. L'animal choqué, déséquilibré, est projeté de côté ; étourdi, il vole tout droit vers une montagne, qu'il heurte avant d'avoir pu reprendre le contrôle de son gouvernail. Qu'est-ce qui est le plus endommagé, son nez ou la montagne ? C'est difficile à dire : tous deux sont hors de forme !

Les chiens se laissent tomber tout droit dans la fenêtre ouverte au sommet de la tour. Il va leur falloir une semaine pour retrouver leur souffle. Le dragon tout bancal regagne lentement sa caverne : pendant des mois il va se frictionner le museau. L'éclipse attendue est un échec, le dragon étant trop occupé à se lécher la bedaine pour s'en soucier[43]. Jamais il n'est parvenu à extraire les éclats noirs de l'endroit où la magie l'a frappé, et il est probable qu'il les gardera à jamais. Maintenant, on l'appelle le Monstre Marbré.

3

Le lendemain, le Lunehomme regarde Roverandom et dit :

« Tu l'as échappé belle ! Il me semble que, pour un jeune chien, tu as plutôt bien exploré la face blanche. Je crois qu'il va être temps de rendre visite à l'autre, quand tu auras retrouvé ton souffle.

— Pourrai-je venir aussi ? demande le lunechien.

— Ce ne serait pas bon pour toi, et je ne te le conseille pas. Tu pourrais voir des choses qui te donneraient, plus encore, la nostalgie du feu et des souches de cheminée ; et cela se terminerait aussi mal que les dragons. »

Le lunechien ne rougit pas, faute de pouvoir. Il ne dit rien. Il s'en va à l'écart et s'assied dans un coin, se demandant à quel point le vieil homme en sait long sur tout ce qui se passe et sur tout ce qui se dit. Pendant un petit moment il s'interroge même sur ce qu'il a voulu dire exactement, mais cela ne le tracasse pas longtemps car il a le cœur léger.

Quant à Roverandom, quelques jours plus tard son souffle est revenu. Le Lunehomme s'approche et le siffle. Alors, ils descendent ensemble, encore et encore, l'escalier, jusque dans les caves taillées dans la falaise et qui possèdent de petites fenêtres donnant sur le côté du précipice, là où la lune aligne ses espaces déserts. Toujours plus bas, des marches secrètes semblent conduire sous la montagne. Après un long moment, ils parviennent à un endroit plongé dans les ténèbres et font halte, bien que Roverandom ait la tête qui tourne après avoir parcouru tous ces kilomètres d'escalier en colimaçon. Dans le noir le plus total le Lunehomme brille de la tête aux pieds, d'une lueur très pâle, comme un ver luisant ; il n'y a pas d'autre clarté mais c'est très suffisant pour apercevoir la porte, une grande porte dans le plancher. Le vieil homme tire, la soulève, et à travers l'ouverture voici que les ténèbres jaillissent comme un brouillard si bien que Roverandom ne peut plus voir même la faible lueur de l'Homme.

« Gentil chien, descends », dit sa voix sortant de l'obscurité.

Vous ne serez pas étonnés d'apprendre que Roverandom n'est pas un gentil chien, et qu'il ne bouge donc pas d'un centimètre. Au contraire, il recule jusqu'à l'angle le plus éloigné de la petite pièce et rabat ses oreilles. Il a peur du trou plus que du vieil homme.

Mais cela ne sert à rien. Tout simplement, le Lunehomme le soulève puis le laisse tomber dans le trou noir ! À mesure qu'il dégringole dans le néant, Roverandom l'entend, bien au-desssus de lui, qui commande :

« Tombe tout droit ! Ensuite, vole dans le sens du vent et attends-moi à l'autre bout. »

Voilà qui devrait le rassurer. Eh bien, non ! Plus tard, il a avoué qu'il n'imaginait pas que tomber pardessus le rebord du monde pût être pire ; et que, de toute façon, c'était le plus pénible chapitre de toutes ses tribulations ; et aussi qu'il avait l'impression de perdre son estomac chaque fois qu'il y repensait. Et vous pouvez vous dire qu'il y repense, chaque fois que, endormi sur le tapis devant le feu, il se met à grogner et se crispe nerveusement.

Il faut bien que l'affaire prenne fin. Après un long moment sa chute se ralentit progressivement, et finalement s'arrête… presque. Pour achever le parcours il lui faut utiliser ses ailes, et il a l'impression de remonter, encore et encore, à travers une grande cheminée – aidé, heureusement, par un courant d'air puissant. Ah, il est bien heureux quand enfin il parvient au sommet. Il y reste, haletant, au bord du trou, à l'autre extrémité, attendant le Lunehomme dans l'obéissance et l'anxiété. Un bon moment s'écoule avant l'apparition de ce dernier ; Roverandom a tout le temps de voir qu'il se trouve au creux d'une profonde vallée sombre entourée de collines basses, non moins sombres ; des nuages noirs paraissent se reposer à leur sommet, et derrière ces nuages n'apparaît qu'une étoile. Le petit chien se sent soudainement gagné par le sommeil. Dans quelque buisson obscur, tout près de là, un oiseau chante une mélodie assoupissante qui lui paraît étrange et ravissante par contraste avec les oiseaux muets vivant de l'autre côté, auxquels il s'est habitué. Il ferme les yeux.

« Éveille-toi, jouet canin », dit une voix qui l'appelle ; et Roverandom bondit juste à temps pour voir l'Homme sortir du trou, le long d'une corde argentée qu'une grande araignée grise, bien plus grande que lui, accroche à un arbre proche. Le voici qui sort et dit à l'araignée : « Merci ! À présent, va-t'en. »

Elle s'en va, heureuse de partir, car sur la face

cachée de la lune vivent des araignées noires, venimeuses, plus petites en effet que les monstres de l'autre face blanche. Elles détestent tout ce qui est blanc, ou pâle ou clair, en particulier les araignées pâles, qu'elles haïssent comme des parents riches qui viennent rarement vous rendre visite.

L'araignée grise se laisse glisser dans le trou, le long de la corde, et au même instant une araignée noire se laisse tomber de l'arbre.

« Eh, toi ! crie le vieil homme, reviens ici. C'est ma porte privée, ne l'oublie pas. Si tu veux que je pardonne, tisse-moi un hamac accueillant entre ces deux ifs. » Et il poursuit, à l'intention de Roverandom maintenant : « C'est plutôt long de descendre puis de remonter en traversant la lune en son milieu ; un peu de repos avant qu'ils arrivent me ferait du bien, je crois ; ils sont très gentils mais il leur faut une grande quantité d'énergie ! Évidemment, je pourrais prendre des ailes, mais je les use si vite… et cela exigerait que j'élargisse le trou, car en m'équipant d'ailes je ne pourrais plus y passer, et à dire vrai je suis un exceptionnel grimpeur de corde. Bon ! À présent, dis-moi ce que tu penses de cette face-là. Sombre sous un ciel pâle, alors que l'autre est pâle sous un ciel sombre, pas vrai ? En voilà un changement… Bah, il n'y a pas beaucoup plus de vraie couleur ici que là, pas ce que j'appelle, moi, des vraies couleurs, criardes et nombreuses[44]. Quelques lueurs sous les arbres, vois-tu, et des mouches à feu, des scarabées-diamants, des papillons-rubis. Trop petits tout compte fait, trop petits comme tout ce qui brille sur cette face ; et ils connaissent une vie terrible à cause des hiboux grands comme des aigles[45] et noirs comme du charbon ; à cause des corbeaux qui ont la taille de vautours et sont aussi nombreux que des moineaux ; sans parler de toutes ces araignées noires. Ceux que j'aime le moins sont les chouettes-crépues-velours-noir, qui volent en foule, en nuages[46]. Elles ne débarrassent même pas mon chemin, et j'ose à peine produire une lueur car elles viendraient toutes s'embrouiller dans ma barbe.

» Cette face n'en possède pas moins ses charmes, jeune chiot, et je vais te dire un de ces charmes : nul être humain, nul être chien vivant sur terre ne l'a vue jusqu'à présent, sauf en dormant. Excepté toi ! »

Alors, l'Homme saute d'un coup dans le hamac tissé pour son compte par l'araignée noire tout en parlant, et en un clin d'œil le voici endormi.

Roverandom s'assied dans sa solitude et le regarde tout en surveillant attentivement les araignées noires. Des feux follets rouges, verts, dorés et bleus apparaissent et bondissent ici et là sous les arbres noirs que n'agite aucun vent. D'étranges étoiles s'allument dans un ciel pâle, au-dessus des écharpes flottantes en velours de nuage. On dirait que des milliers de rossignols lancent des trilles dans une vallée, tout juste derrière les plus proches collines. C'est alors que Roverandom entend la rumeur de voix enfantines, ou bien l'écho de l'écho de leurs voix, qui descend tout en douceur, porté par une brise naissante. Il se dresse et lance le plus fort aboiement qu'il ait émis depuis le début de cette histoire.

« Miséricorde ! s'écrie le Lunehomme réveillé en sursaut et qui saute droit de son hamac sur l'herbe, évitant de justesse la queue de Roverandom. Sont-ils déjà arrivés ?

— Qui cela ?

— Eh ! Si tu ne les as pas entendus, pourquoi donc as-tu jappé ? Allez, viens, c'est par ici. »

Ils descendent un long sentier gris dont les bords sont marqués de pierres-lumignons, avec des buissons en surplomb ; il n'en finit pas ; les buissons cèdent la place à des pins, et l'air est rempli de cette odeur qu'exhalent les pins, la nuit. Le sentier commence à grimper, et au bout d'un moment ils arrivent au sommet du point le plus bas du cercle des collines refermé sur eux. Roverandom jette un regard au fond de la vallée voisine, et subitement tous les rossignols cessent leurs trilles, comme s'ils fermaient un robinet. Seules flottent dans l'air les voix d'enfants, claires et douces, polyphonie exécutant une jolie mélodie.

Le vieil homme descend le flanc de la colline, courant, sautant, et le chien le suit. Ma parole ! Le Lune-homme est capable de sauter de roc en roc !

« Allons, viens ! appelle-t-il. Je ne suis peut-être qu'un bouc barbu, bouc sauvage ou domestique, mais tu n'arriveras pas à m'attraper. »

C'est vrai : Roverandom est obligé de se mettre à voler pour ne pas perdre le contact. Subitement, ils se trouvent au bord d'un vrai précipice, pas bien profond mais ténébreux, et poli comme du jais. Jetant un coup d'œil, Roverandom aperçoit, tout en bas, un jardin plongé dans une lumière crépusculaire qui se transforme, alors qu'il l'observe, en rougeoiement d'une grande douceur, comme un soleil d'après-midi. Il ne discerne pas la source de cette lumière douce qui éclaire l'endroit abrité mais ne s'étend pas au-delà. Il aperçoit des fontaines grises et des pelouses étendues ; et, partout, des enfants. Les uns dansent, comme ensommeillés ; d'autres marchent, comme en un rêve, tout en se parlant ; certains remuent comme s'ils s'éveillaient tout juste d'un profond sommeil ; d'autres, bien éveillés, courent déjà et s'amusent. Ils creusent des trous, ils cueillent des fleurs, ils dressent des tentes, édifient des maisons, chassent les papillons, jouent au football, grimpent aux arbres ; et tous chantent[47].

« D'où viennent-ils ? questionne Roverandom à la fois ahuri et charmé.

— De leur maison, et de leur lit, évidemment.

— Et comment viennent-ils ici ?

— Cela, ne compte pas sur moi pour te le dire ; et tu ne le trouveras pas tout seul. Tu as de la chance, comme en aurait n'importe qui, d'être venu là, et peu importe par quel chemin ; mais les enfants n'y viennent pas par ton chemin, en tout cas. J'en vois quelques-uns souvent, d'autres rarement, et je suis le faiseur de rêves. Bien sûr, il y en a qui l'apportent avec eux, tout comme ils apportent leur déjeuner à l'école. D'autres rêves, j'ai le regret de l'avouer, sont dus aux araignées, mais pas dans cette vallée, et encore à condition que je ne les y prenne pas ! À présent, en route, allons nous joindre aux réjouissances. »

La descente de la falaise de jais s'annonce raide, et bien trop lisse pour que même une araignée puisse y grimper. À dire vrai, aucune n'ose jamais, car il est bien possible de se laisser glisser, mais remonter nul n'est en mesure de le faire, et dans ce jardin sont cachées des sentinelles, sans compter le Lunehomme, en l'absence de qui nulle réjouissance n'est complète, car ce sont les siennes propres.

Le voici qui se laisse glisser à toute allure au beau milieu du jardin. Il s'assied tout bonnement et se laisse aller comme sur une luge, switch !, en plein dans une foule d'enfants. Roverandom roule au-dessus de lui, ne songeant pas qu'il peut voler, ou plutôt qu'il aurait pu car à l'arrivée, en bas, il s'aperçoit que ses ailes sont parties.

« Ce petit chien, que fait-il ? demande un garçonnet à l'Homme, car Roverandom ne cesse de tourner comme une toupie, cherchant à regarder son dos.

— Il s'inquiète de ses ailes, mon garçon. Il croit les avoir râpées sur la piste du toboggan, mais elles sont dans ma poche. Ici, en bas, pas d'ailes autorisées, on ne s'en va pas sans ma permission, pas vrai ?

— Vrai, Sylvebarbe », disent tous ensemble une vingtaine d'enfants, et un garçon se saisit de la barbe du vieil homme pour se hisser jusqu'à son épaule.

Roverandom s'attend à le voir changé en papillon ou en morceau de gomme arabique, en tout cas en quelque chose et à l'instant même. Mais l'homme déclare tout simplement :

« Ma parole, tu es de la graine de grimpeur de corde mon garçon ! Il faudra que je te donne des leçons. »

Alors il le lance en l'air, tout droit, et le garçon ne retombe pas, mais pas du tout. Il reste planté dans l'air. Le Lunehomme tire de sa poche une corde argentée et la lui jette.

« Descends, et vite !

Le gamin se laisse glisser jusqu'aux bras du vieil homme, qui ne se prive pas de le chatouiller.

« Tu vas t'éveiller si tu ris si fort », ajoute-t-il avant de le déposer sur l'herbe et de se perdre dans la foule.

Rover, abandonné à son amusement, s'occupe d'une jolie balle jaune – exactement la mienne, chez moi, se dit-il – quand il perçoit une voix familière.

« Mais c'est mon petit chien ! C'est mon petit chien ! J'ai toujours pensé qu'il était vrai. Comme c'est drôle de le trouver ici alors que je l'ai cherché et cherché dans le sable ; que je l'ai appelé ; que je l'ai sifflé jour après jour. »

À peine a-t-il entendu cette voix que Roverandom s'assied et fait le beau.

« Mon petit chien qui fait le beau ! » s'exclame Fistondeux.

Car c'est lui, évidemment. Il se met à courir et le caresse. « Où étais-tu ?

— Peux-tu entendre ce que je dis ? » Sur l'instant, voilà tout ce que Roverandom trouve à articuler.

« Mais bien sûr ! Seulement, quand maman t'a apporté à la maison, tu ne m'écoutais pas du tout, et pourtant j'utilisais ma meilleure aboielangue. Je crois bien, à dire vrai, que tu ne songeais pas à me raconter grand-chose. Tu semblais avoir l'esprit ailleurs. »

Rover alors raconte à quel point il regrette, et comment il est tombé de la poche du jeune garçon ; ensuite, sa rencontre avec Psamathos et Cendré ; enfin, une bonne partie des aventures qu'il a traversées depuis qu'il est perdu. C'est ainsi que le garçonnet et ses frères apprennent quantité de choses au sujet de cet étrange bonhomme de sable, et tout plein d'autres choses utiles que, autrement, ils auraient manquées. Fistondeux trouve magnifique ce nouveau nom : Roverandom[48].

« Moi aussi je t'appellerai ainsi. Et n'oublie pas que tu m'appartiens encore. »

Alors ils se mettent à jouer avec la balle, puis à cache-cache ; à courir, à marcher longuement, ils jouent à la chasse au lapin, sans résultat évidemment sinon le plaisir car les lapins sont plus qu'indistincts ; ils s'éclaboussent dans les flaques et font toutes sortes d'autres choses, l'une après l'autre, pendant un temps infini ; et ils ne cessent de s'aimer davantage. Le petit garçon se roule, et roule, sur l'herbe humide de rosée, dans cette clarté qui indique le moment d'aller au lit ; mais en ce lieu nul ne semble se préoccuper de l'humidité, ou de l'instant. Le petit chien roule et roule avec l'enfant, et se plante sur la tête comme jamais n'a fait chien terrestre depuis le chien mort de Mère Hubbard[49]. Et le garçonnet rit, rit, jusqu'à l'instant où… il disparaît soudainement, laissant Roverandom tout seul sur l'herbe.

« Il s'est éveillé, voilà tout, dit le Lunehomme apparu tout aussi soudainement ; rentré chez lui, et à temps. Eh, son petit déjeuner va l'attendre dans un quart d'heure ! Ce matin, il manquera sa promenade sur le sable. Bon ! J'ai bien peur que nous aussi nous devions rentrer. »

C'est ainsi que Roverandom, à contrecœur, retourne à la face blanche en compagnie du vieil homme. Ils marchent tout le long du chemin, ce qui prend un temps fou, et Roverandom n'y trouve pas autant de plaisir qu'il devrait. En effet, ils voient toutes sortes de choses étranges et courent quantité d'aventures, sans aucun danger, évidemment, puisque le Lunehomme est à portée de patte. À vrai dire c'est aussi bien, car il y a dans les marais toutes sortes de vilaines bestioles à vous donner la chair de poule et qui se chargeraient bien vite d'agripper le petit chien. La face noire est aussi humide que la blanche est sèche, elle est pleine de plantes et de créatures très extraordinaires dont je vous parlerais volontiers si Roverandom daignait y porter intérêt. Tel n'est pas le cas : il pense au jardin et au petit garçon.

Ils finissent par arriver au rebord gris, et jettent un coup d'œil par une faille de la montagne au-delà des vallées de cendres où vivent quantité de dragons, jusqu'à la vaste plaine blanche et aux falaises brillantes. Le monde se dresse devant eux, et aussi une lune vert pâle et or, énorme et ronde, au-dessus des épaulements des montagnes lunaires. « C'est là qu'il vit, mon petit garçon », pense Roverandom ; mais le chemin qui y mène paraît redoutable et interminable. Il questionne[50] :

« Les rêves deviennent-ils réalité ?

— Quelques-uns des miens, oui, répond le vieil homme… Quelques-uns, pas tous ; et il est rare qu'ils se réalisent tout de suite, ou bien tels qu'ils étaient en rêve. Pourquoi donc veux-tu savoir ?

— Oh, je me demandais, tout simplement.

— Au sujet de ce petit garçon. C'est ce que je pensais. » Alors, le vieil homme tire de sa poche un télescope, qu'il dévide jusqu'à une longueur impressionnante.

« Un petit coup d'œil ne te fera pas de mal, j'imagine. »

Quand il a fini par comprendre comment fermer un œil en gardant l'autre ouvert, Roverandom regarde. Il voit le monde distinctement. D'abord, l'extrémité lointaine du sentier lunaire qui tombe droit dans la mer. Il croit voir aussi, mais sans en être tout à fait sûr, de longues files de petites gens, légères et plutôt fines, qui descendent rapidement le sentier à la voile. La lumière lunaire s'étiole vite, remplacée par celle du soleil qui progresse, et subitement apparaît la grotte du sablesorcier, mais sans aucune trace de Psamathos, qui ne se laisse pas observer ainsi. Après un moment, dans le cercle du téléscope surgissent les deux petits garçons qui marchent main dans la main, le long du rivage. Est-ce moi qu'ils cherchent, ou bien des coquillages ? s'interroge le chien.

Très vite, l'image change, et il voit, sur la falaise, la maison du père des garçons et son jardin qui descend en pente vers la mer. Qui donc est assis près de la grille ? Désagréable surprise : c'est le vieux magicien, sur une pierre, fumant sa pipe comme s'il n'avait rien d'autre à faire que veiller ici pour l'éternité, vieux chapeau vert sur la nuque et gilet déboutonné. Roverandom questionne :

« Que fait donc, près du portail, ce vieil Arta-je-ne-sais-comme-vous-l'appelez ? J'imaginais qu'il m'avait oublié depuis longtemps. Les vacances n'ont-elles pas pris fin ?

— Non ; c'est toi qu'il attend, chien petit. Il n'a pas oublié. Si tu revenais juste maintenant, en vrai ou en jouet, il jetterait sur toi quelque nouvel ensorcellement, sans attendre. Ce n'est pas qu'il se soucie beaucoup de son pantalon, vite rapiécé ; mais c'est que l'intervention de Samathos l'a rendu très soucieux ; et Samathos n'a pas fini ses préparatifs en vue de lui régler son compte ! »

À cet instant précis, Roverandom voit le chapeau d'Artaxerxès emporté par le vent, et le magicien qui se précipite pour le rattraper. Ah ! Quel plaisir de voir cet étrange rapiècage sur son pantalon : une plaque orange tachetée de noir.

« J'imaginais qu'un magicien était capable de se débrouiller mieux pour raccommoder son pantalon.

— Figure-toi qu'il imagine s'être débrouillé magnifiquement. Il a ensorcelé et enlevé un morceau de rideau à la première fenêtre venue, dont le propriétaire a été dédommagé par son assurance-incendie. Artaxerxès a une tache colorée, et tout le monde est content. Et toi, tu as raison : il décline, vraiment je crois qu'il décline. C'est triste de voir, après tous ces siècles, un homme quitter la scène magique ; mais pour toi c'est une chance, à mon avis. »

Le bonhomme referme le télescope, qui émet un claquement ; et ils repartent en direction de la tour.

« Tiens, je te rends tes ailes ; va voler, amuse-toi, ne tourmente pas mes rayons de lune, ne tue pas mes lapins blancs, et reviens si tu as faim ou bien si tu te sens malheureux. »

Roverandom s'envole à la seconde même, cherchant le lunechien avec l'intention de lui décrire l'autre face. Seulement, l'autre est un peu jaloux car son visiteur a été autorisé à voir des choses qu'on lui a interdites, à lui ; alors il fait semblant de n'être pas intéressé.

« Ce côté-là semble mauvais, complètement mauvais, grogne-t-il. Je suis sûr de ne pas avoir envie de le connaître. J'imagine que maintenant tu vas t'ennuyer sur la face blanche, avec moi pour unique compagnon au lieu de tes amis à deux pattes. C'est bien dommage que ce magicien perse soit aussi obstiné et t'empêche de retourner chez toi… »

Roverandom est plutôt blessé, et il affirme au lunechien, en insistant, qu'il est joliment heureux d'être de retour à la tour et que la face blanche ne l'ennuiera jamais. Les voilà bientôt bons amis, de nouveau, et qui recommencent à faire ensemble quantité de fantaisies.

Pourtant, ce que le lunechien a dit dans son accès

de mauvaise humeur se vérifie. Ce n'est pas la faute de Roverandom, et celui-ci fait tout son possible pour ne pas le montrer ; seulement, d'un côté ou d'un autre, aucune aventure, aucune découverte ne lui paraissent aussi excitantes qu'auparavant. Il ne cesse de penser au bonheur qu'il a connu dans le jardin, avec Fistondeux.

Ils visitent la Vallée des Lutins Blancdelune – Lutins Luneux, en abrégé – qui chevauchent les lapins, font des crêpes avec des flocons de neige et cultivent de petits pommiers dorés, pas plus grands que des boutons d'or, dans leurs vergers bien entretenus. Ils déposent des tessons de verre et des pointes métalliques à l'extérieur de l'antre de quelques dragons de seconde classe, pendant leur sommeil, et restent éveillés jusqu'au milieu de la nuit afin d'écouter leurs mugissements de rage. Les dragons ont souvent l'estomac tendre, je vous l'ai dit, et chaque nuit sortent prendre un verre à midi-minuit, pour ne rien dire de l'entre-temps. Parfois, les deux chiens osent même aller tourmenter les araignées en mordant leurs toiles pour libérer les rayons de lune, et ils s'envolent juste à temps, échappant aux lassos que les araignées jettent vers eux du haut des collines. Cela n'empêche pas Roverandom de penser sans arrêt à Cendré-le-Facteur et aux nouvelles du monde, en commençant par les meurtres et par les matchs de football ; même un petit chien connaît cela ; mais parfois, dans les coins et recoins du monde, il y a mieux.

Roverandom est parti en randonnée quand Cendré arrive pour une nouvelle visite, de sorte qu'il le manque ; mais, à son retour, le vieil homme est encore absorbé dans la lecture des lettres et des nouvelles. On dirait même qu'il est d'humeur très enjouée ; assis sur le toit, les pieds gigotant au-dessus du rebord, il tire des bouffées d'une énorme pipe en terre, blanche, et projette des nuages de fumée comme une locomotive ; son sourire va d'une oreille à l'autre de son vieux visage rond. Roverandom flaire qu'il ne peut plus se contenir.

« Je souffre intérieurement. Je veux retourner avec le petit garçon, de façon que son rêve devienne réalité. »

Le vieil homme pose sa lettre, qui lui parle d'Artaxerxès en termes très drôles, et retire sa pipe de sa bouche.

« Faut-il que tu partes ? Ne peux-tu rester ? C'est si soudain, et j'ai été si heureux de faire ta connaissance. Il faudra que tu repasses me voir, un jour, je serai ravi de te revoir, quel que soit le moment – il a dit tout cela sans reprendre haleine. Bon, très bien ! ajoute-t-il d'un ton plus sage. Quant à Artaxerxès, le nécessaire a été fait.

— Comment cela ? demande Roverandom soudain tout excité.

— Il a épousé une sirène et il est parti vivre au fond de la Grande Bleue.

— J'espère qu'elle va mieux retoucher son pantalon. Une plaque de varech bien vert conviendra davantage à la couleur de son chapeau.

— Mon cher petit chien, pour son mariage il avait un habit tout neuf, d'algue verte, avec boutons de corail rose et épaulettes d'anémone de mer. Quant à son vieux chapeau on l'a brûlé sur la plage. Samathos s'est occupé de tout. Oh, Samathos est très profond, aussi profond que la Grande Bleue, et j'espère bien qu'il s'occupe à préparer des quantités de choses selon son goût dans ce genre-là, des tas de choses et pas seulement toi tout seul, petit chien !

» Je me demande comment tout cela va tourner. En ce moment, si je ne me trompe, Artaxerxès entre dans sa vingtième ou vingt et unième enfance, et il fait des tas de chichis pour rien du tout. Il est très entêté, aucun doute. Il a été un magicien fameusement bon mais il devient un mauvais caractère et une vraie source d'embêtements. Quand il est venu sortir le vieux Samathos de son trou avec une pelle en bois, au milieu d'un après-midi, et qu'il l'a tiré par les oreilles, les Samathistes ont jugé qu'il allait trop loin, et cela ne m'étonne pas. "Un tel paquet de soucis, à l'heure de mon meilleur sommeil, et tout cela pour un maudit petit chien !" voilà ce qu'il m'écrit, et tu n'as pas besoin de rougir.

» Il a donc invité Artaxerxès à une réception avec des sirènes, et tous les deux ont éprouvé un sentiment ; voilà comment les choses se sont passées. Elles ont invité Artaxerxès à un bain de minuit, et jamais il ne retournera en Perse, ni même à Perseplage. Il est devenu amoureux de la riche fille du Roi-des-Flots, charmante bien que plus toute jeune ; et la nuit suivante on les a mariés[51].

» C'est probablement la meilleure solution. Voilà un bon moment que l'Océan n'a pas connu de magicien-résident. Protée, Poséidon, Triton, Neptune et *tutti quanti* sont tous devenus du menu fretin ou des moules depuis belle lurette[52]. De toute façon, en dehors de la Méditerranée, ils ne connaissaient pas grand-chose ou ne se souciaient pas de grand-chose : ils aimaient trop les sardines ! Quant au vieux Niord, il a pris sa retraite depuis longtemps[53]. Il n'était plus capable de consacrer à son travail que la moitié de son attention, après son stupide mariage avec la géante. Tu te souviens qu'elle s'est prise d'amour pour lui parce qu'il avait les pieds propres, c'est si agréable à domicile ! Et qu'elle s'est déprise d'amour pour lui parce qu'il avait les pieds humides ; mais c'était trop tard ! À ce que j'ai appris il ne va pas tarder à rendre l'âme, il est complètement gâteux le pauvre vieux. Le mazout lui a donné un rhume épouvantable et il s'est retiré sur la côte islandaise pour y chercher un brin de soleil.

» Ah, évidemment, il y avait le Vieil-Homme-de-la-Mer, mon cousin, mais je ne suis pas fier de lui[54]. Un fardeau permanent : il refusait de marcher, voulait toujours être porté, tu l'as entendu raconter j'en suis sûr. Ce fut la cause de sa mort ; il s'est assis sur une mine flottante, tu vois ce que je veux dire, il y a un an ou deux, et juste sur l'un des boutons[55]. Ma magie elle-même s'est avérée impuissante. Son cas était pire que celui de Humpty-Dumpty, cet œuf devenu une personne[56].

— Et la Grande-Bretagne ? » questionne Rover-random qui, tout compte fait, est anglais. Il pose la question bien que tout cela l'ennuie un peu ; ce qu'il désire, surtout, est d'en apprendre davantage sur le magicien qui le concerne.

« Je croyais que la Grande-Bretagne régnait sur les flots, ajoute-t-il[57].

— À dire vrai, elle n'a jamais eu les pieds secs. Elle préfère caresser les lions sur la plage et s'asseoir sur un penny, une fourchette à anguilles dans la main. De toute façon, dans la mer les vagues ne sont pas le plus intéressant. À présent, ils ont Artaxerxès à leur disposition et j'espère qu'ils sauront s'en servir. Il va passer ses premières années à tenter de faire pousser des prunes sur des polypes j'imagine, si on le laisse faire ; et ce sera plus facile que d'établir l'ordre au sein du petit peuple de la mer.

» Bonbonbon, où en étais-je ? Ah oui. Tu peux rentrer chez toi maintenant si tu le veux. En fait, et pardonne-moi si je ne suis pas très courtois, le plus tôt sera le mieux. Le vieux Samathos est le premier à t'appeler. Ne suis pas mon mauvais exemple : en le rencontrant, n'oublie pas de prononcer le Ps[58]. »

Dès le lendemain, Cendré est de retour, porteur d'un courrier exceptionnel, un énorme paquet de lettres pour le Lunehomme et des ballots de journaux : *Algues-Hebdo illustré, Connaissance de l'Océan, Le Courrier Marin, La Conque, Le Clapot du Matin*. Tous publient les mêmes photos – exclusives ! – du mariage d'Artaxerxès sur la plage, à la pleine lune, montrant, à l'arrière-plan, le sourire épanoui, M. Psamathos Psamathidès le financier bien connu – simple titre d'estime. Ces photos-là sont plus jolies que les nôtres, parce que en couleurs, et la sirène, queue dans l'écume, y apparaît franchement belle[59].

Le temps est venu de se dire au revoir. Le Lunehomme adresse à Roverandom un large sourire, le lunechien fait semblant d'être ailleurs. Roverandom lui-même a plutôt la queue basse, et tout ce qu'il dit est :

« Au revoir, chiot ; prends bien soin de toi, n'ennuie pas les rayons de lune, ne tue pas les lapins blancs et ne te bourre pas l'estomac !

— Chiot toi-même ! répond Rover-de-lune. Cesse de manger les pantalons de magiciens. »

Rien de plus… Néanmoins, je crois qu'il ne cesse

pas de tanner le vieux bonhomme afin d'être envoyé en vacances chez Roverandom ; et aussi qu'il y a été autorisé plusieurs fois.

Alors, Roverandom rentre au bercail avec Cendré, et l'Homme retourne dans ses caves. Le lunechien s'est assis sur le toit et les regarde jusqu'à ce qu'ils aient disparu à l'horizon.

4

Un vent froid souffle de l'étoile polaire au moment où ils approchent du rebord du monde, et les chutes d'eau vaporisent des gouttelettes très fraîches dans leur direction. Le retour est plus difficile que l'aller car la magie du vieux Psamathos n'agit pas avec la même vélocité. Ils sont heureux de faire escale à l'Île-des-Chiens. Hélas, Roverandom possède toujours ses dimensions enchantées qui lui interdisent en ce lieu tout réel plaisir : les autres chiens sont trop grands, trop bruyants, trop dédaigneux ; quant aux os des arbres, ils sont trop osseux et trop volumineux.

À l'aube du troisième jour, ils aperçoivent enfin les collines noires du pays de Cendré. Le soleil chauffe leur dos, le sommet des buttes de sable est déjà pâle et sec au moment où ils descendent vers la grotte de Psamathos. Cendré émet un cri léger, puis tape du bec sur un morceau de bois posé au sol. Le morceau se dresse à la verticale, immédiatement, et se révèle être l'oreille gauche de Psamathos, bientôt rejointe par une autre oreille que suivent sans tarder le reste de la tête et le cou du laid sorcier.

« Que voulez-vous tous deux à cet instant de la journée ? grogne Psamathos ; c'est mon moment préféré pour dormir.

— Nous voici de retour, dit le goéland.

— Et tu t'es autorisé à te faire porter sur son dos, à ce que je vois, poursuit Psamathos tourné vers le petit chien. Je pensais que, ayant chassé le dragon, tu serais capable de revenir ici en volant, sans la moindre difficulté.

— Mais, monsieur, j'ai laissé mes ailes là-bas, elles ne m'appartenaient pas vraiment ; et j'aimerais bien redevenir un chien normal.

— Ah, très bien ! En tout cas, j'espère que, devenu « Roverandom », tu as su profiter de la vie ; c'était une occasion à saisir. À présent tu peux redevenir Rover si tu y tiens vraiment, et rentrer chez toi jouer avec ta balle jaune, dormir sur les fauteuils quand l'occasion s'en présente, t'asseoir sur des genoux et redevenir un honorable petit chien jappeur.

— Et... le petit garçon ? questionne Rover.

— Mais tu l'as quitté, petit fou, pour t'en aller dans la lune je crois bien, dit Psamathos qui fait semblant d'être préoccupé et surpris, cependant que clignote la paupière de son œil malin. J'ai dit : rentrer chez toi, et c'est bien ce que je veux dire ; inutile de bafouiller et de discuter. »

Si le pauvre Rover bafouille, c'est parce qu'il tente de dire, très poliment : « Monsieur P-samathos ». Et finalement il réussit.

« S-S-S'il vous plaît, monsieur P-P-P-samathos (et il est attendrissant), s-s'il vous plaît, p-p-ardonnez-moi, mais je l'ai revu et je ne voudrais pas le quitter

1925

de nouveau en repartant maintenant. Je lui appartiens vraiment, non ? Il faut donc que je retourne à lui.

— Balivernes ! Bien sûr que non, tu ne lui appartiens pas et il ne faut pas retourner. Tu appartiens à la vieille dame qui t'a acheté la première, et c'est à elle qu'il faut revenir. On ne peut pas acheter des marchandises volées, ou enchantées, tu devrais le savoir si tu connaissais les lois, petit chien fou. La mère de Fistondeux a gaspillé six francs pour toi, et tout est dit. »

Psamathos ajoute une blague, en l'appuyant d'un énorme clin d'œil.

« De toute façon, à quoi riment les rencontres en rêve ?

— Je croyais que certains rêves du Lunehomme devenaient vrais, avoue tristement Rover.

— Oh, vraiment ? Alors, c'est l'affaire du Lunehomme. Mon affaire à moi consiste à te rendre, à l'instant même, ta taille normale, et à te renvoyer à ton monde. Artaxerxès s'en est allé exercer ses talents ailleurs, de sorte que nous n'avons plus à nous soucier de lui. Viens ici ! »

Il empoigne Rover et lève une main grasse au-dessus de la tête du petit chien. Alors, le tour est joué, et… aucun changement ne se produit ! Il recommence, et toujours rien ! Psamathos se dégage du sable et Rover constate, pour la première fois, qu'il a des jambes en pattes de lapin. Il tape des pattes, Psamathos, puis s'étire et se déchaîne, projetant du sable en l'air, piétinant les coquillages ; il grogne comme un carlin en colère, et… une nouvelle fois rien ne se passe.

« Travail d'un magicien-au-varech ! Qu'il lui pousse

des cloques et des verrues ! jure-t-il. Travail d'un Persan-cueilleur-de-prunes ! Pot à confiture ! Qu'il aille se faire pendre ! » crie-t-il jusqu'à en être fatigué[60]. Alors, il s'assied, reprend son calme et finit par dire : « Bon, bon, on apprend à tout âge. Mais cet Artaxerxès est vraiment très spécial. Qui aurait pu imaginer qu'il se souviendrait de toi malgré l'excitation de son mariage et qu'il gaspillerait sur un chien sa plus forte incantation avant de partir vers sa lune de miel, comme si sa magie numéro un ne méritait pas mieux qu'un petit chiot de rien du tout ! Il y a de quoi s'arracher la peau. Bon, de toute façon, inutile de me casser la tête. Il n'y a qu'une chose à faire : va le trouver et implore son pardon. Mais, ma parole, je vais lui garder un chien de ma chienne jusqu'à ce que la mer soit deux fois plus salée et deux fois moins humide. Allez vous promener tous les deux, et revenez dans une demi-heure quand je serai de meilleure humeur. »

Cendré et Rover s'en vont, le long du rivage puis sur la falaise. Le goéland vole avec lenteur, et le chien profondément triste trotte à proximité. Ils font halte devant la maison du père des jeunes garçons ; Rover avance même jusqu'au portail, puis s'assied dans un parterre de fleurs, sous la fenêtre des garçonnets. Bien qu'il soit très tôt, il aboie, et aboie encore, rempli d'espoir. Peut-être les enfants sont-ils plongés dans un profond sommeil, peut-être se trouvent-ils ailleurs : personne ne se montre à la fenêtre. C'est, du moins, ce que se dit Rover, qui a oublié combien les choses se passent différemment dans le monde et dans le jardin secret de la lune ; Rover qui a oublié, aussi, que le sort jeté par Artaxerxès repose encore sur sa taille et sur le volume de ses aboiements.

Un petit moment s'écoule, et Cendré le ramène, mélancolique, à la grotte. Quelle complète surprise l'y attend ! Psamathos parle à une baleine, une vraiment très grande baleine, Uin, la plus antique des Baleines Franches[61]. Au petit Rover elle semble une montagne, sa tête immense posée dans une mare profonde au bord du rivage

« Désolé de n'avoir pas trouvé plus petit dans l'instant, s'excuse Psamathos. Mais Uin est très confortable !

— Avance ! dit la baleine.

— Avance, dit le goéland ; au revoir.

— Avance, dit Psamathos, et fais vite. Quand tu seras à l'intérieur, ne mords pas et ne griffe pas, car tu pourrais faire tousser Uin, et tu verrais comme tu te sentirais mal. »

Entrer là-dedans, c'est aussi encourageant que de sauter dans le trou de la cave du Lunehomme. Rover recule, et il faut que Cendré et Psamathos le poussent. Ils le poussent, et sans ménagement. Les mâchoires de la baleine se referment en claquant. Oh, qu'il fait noir à l'intérieur ! Rover s'assied, frissonnant, et alors il entend, ou croit entendre mais il n'ose même pas se gratter l'oreille, la queue de la baleine qui glisse et frappe la mer. Il sent, ou croit sentir, que Uin plonge toujours plus profondément et ne cesse de s'enfoncer au sein de la Grande Mer Bleue. Puis la baleine s'arrête, ouvrant la bouche toute grande ; elle en est heureuse, car les baleines préfèrent avancer en chalutant, les mâchoires bien ouvertes et qui se remplissent d'une bonne marée de nourriture. Seulement, Uin est un cétacé plein d'égards.

Rover jette un coup d'œil à l'extérieur : l'infini ! Profond et incommensurable, ou presque, mais pas du tout bleu : rien qu'une pâle lumière verte. Il sort, et se retrouve sur un sentier de sable blanc qui serpente à travers une forêt sombre et fantastique.

« Continue tout droit ; tu n'as pas beaucoup de chemin à faire », conseille Uin.

Rover suit le chemin, « tout droit » autant qu'il est possible. Bientôt il aperçoit le portail d'un vaste palais qui semble fait de pierre rose et blanche brillant d'une lueur pâle, qui la traverse. De claires lumières, vert et bleu, passent ainsi à travers les nombreuses fenêtres. Les murs sont entourés d'immenses arbres marins, plus grands que les coupoles du palais, qui rivalisent d'ampleur, étincelant dans l'eau sombre. Les hauts troncs caoutchouteux des arbres se courbent et se balancent, tels des herbes. L'ombre de leurs branches innombrables grouille de poissons : dorés, argentés, rouges, bleus, phosphorescents comme des oiseaux, mais qui ne chantent pas. Ce sont les sirènes qui chantent, à l'intérieur du palais : quelle mélodie ! Toutes les fées marines gazouillent en chœur. Par les fenêtres la musique s'échappe et flotte, œuvre de centaines de sujets du peuple de la mer qui jouent du cor, de la cornemuse et de la conque.

Blottis sous les arbres, des goblins de mer sourient à Rover dans les ténèbres. Le petit chien se dépêche autant qu'il peut, il a l'impression de marcher lentement, d'un pas alourdi par la pression de l'eau dans les profondeurs. Comment se fait-il qu'il ne soit pas noyé ? Je ne sais, mais j'ai mon idée : Psamathos Psamathidès connaît la mer bien mieux qu'on ne croit généralement, même s'il fait l'impossible pour ne jamais y plonger un orteil ; pendant la promenade de Rover et Cendré, il s'est assis, son esprit a fermenté, et imaginé un nouveau plan en pensant intensément à Rover.

Donc, Rover ne s'est pas noyé, ce qui ne l'empêche pas de souhaiter déjà être ailleurs, y compris à l'intérieur de la gueule humide de la baleine, alors qu'il n'est même pas encore arrivé au portail ! Cachés dans les buissons pourpres et les épaisseurs spongieuses qui bordent le sentier, des formes et des visages le regardent, si étranges qu'il ne se sent vraiment pas en sécurité. Il finit par arriver à une immense porte, une arche dorée bordée de corail, où s'ouvre une porte de nacre cloutée de dents de requin. Le heurtoir est un énorme anneau incrusté d'anatifes blanches dont les petites banderoles rouges dansent. Évidemment, Rover ne peut pas atteindre ce heurtoir, et s'il l'atteignait il ne pourrait pas le bouger. Alors il aboie, et à sa grande surprise son aboiement résonne haut ; au troisième, la musique dans le palais s'arrête, et la porte s'ouvre.

Et qui croyez-vous qui l'ouvre ? Artaxerxès en personne, habillé de velours prune dirait-on, et portant un pantalon de soie verte. Il porte encore sa grande pipe à la bouche, mais, au lieu de fumée de tabac, il souffle de jolies bulles couleur d'arc-en-ciel. Tiens, il ne porte pas de chapeau…

« Hullo ! dit-il ; ah, te voilà de retour ; je croyais que tu finirais par te fatiguer du vieux P-samathos avant longtemps – il exagère le “P”, comme un grognement. Il ne peut pas tout faire. Bon ! Eh bien, dis-moi donc pourquoi tu es venu jusqu'à ces profondeurs. Nous avons une réception, et tu interromps la musique.

— S'il vous plaît, monsieur Artaxerxès, euh je veux dire Ertaxerxès, commence Rover, plutôt troublé et qui cherche à se montrer vraiment poli.

— Ne te fais pas de souci pour le prononcer comme il faut, déclare le magicien plutôt abruptement. Allons, explique-toi, et vite, et brièvement, je n'ai pas de temps pour un long galimatias ! »

Artaxerxès est devenu, à l'égard des étrangers, assez convaincu de sa propre importance depuis qu'il a épousé la riche fille du Roi-des-Flots et qu'il a été élevé à la dignité de « Magicien Atlantique Pacifique » – en abrégé, on l'appelle le MAP quand il est absent[62]. Si tu veux me voir à propos de quelque chose qui presse, tu ferais mieux d'entrer et d'attendre dans le hall. Il se pourrait que je trouve un moment pour toi, après la danse. »

Il ferme la porte derrière Rover et s'en va. Le petit chien se retrouve dans une profonde obscurité, au-dessous d'une coupole faiblement éclairée ; tout autour de lui, des arches ogivales ont des algues pour rideaux, et la plupart sont plongées dans l'obscurité. Une seule éclate de lumière ; elle laisse passer une musique bruyante qui semble ne devoir jamais cesser, sans pour autant se répéter ; une musique qui ne s'arrête pas un instant, même pour se reposer…

Rover ne tarde pas à être très fatigué d'attendre. Il trottine donc jusqu'à l'embrasure rayonnante et jette un coup d'œil entre les rideaux. Son regard plonge dans une salle de bal spacieuse, à sept dômes et à dix mille piliers de corail, éclairée par la magie la plus pure, emplie d'une eau tiède et pétillante.

Toutes les sirènes aux cheveux d'or et toutes les sirènes aux cheveux bruns s'y livrent à des danses entrecroisées tout en chantant. Ce ne sont pas des danses verticales mais des danses natatoires, de la surface aux profondeurs, des allées et venues au sein de l'eau limpide.

Personne ne prête attention au museau du petit chien qui traverse les algues, à la porte. Alors, après une courte période d'observation, Rover se glisse à l'intérieur. Le sol est en sable argenté, en coquilles roses aux formes de papillon, ouvertes et qui volettent dans les remous des flots. Quelque temps, il trace son chemin avec précaution parmi elles, restant collé au mur ; et subitement il entend une voix, au-dessus de lui.

« Quel ravissant petit chien ! Je suis sûre que c'est chien terrestre et non chien marin. Si petitpetit, comment a-t-il bien pu arriver ici[63] ? »

Rover lève la tête et découvre une belle Dame-des-Flots à la chevelure dorée où se plante un grand peigne noir. Elle est assise sur une corniche au-dessus de lui, pas bien haut. Sa queue disgrâcieuse pendille. Elle reprise un des bas verts d'Artaxerxès ; à l'évidence, c'est la nouvelle madame, plus souvent appelée « Princesse MAP ». Elle est assez populaire ; on ne peut pas en dire autant de son époux, assis près d'elle en cet instant. Qu'il ait, ou non, du temps pour un long galimatias, en tout cas il écoute celui de sa femme, ou bien il l'écoutait avant l'arrivée de Rover. Dès qu'elle aperçoit le petit chien, Mme Artaxerxès s'arrête de parler, et aussi de repriser. Elle se laisse flotter vers lui, le cueille et le rapporte sur sa banquette, dans l'embrasure d'une fenêtre. C'est vraiment une banquette, située au premier étage, près d'une fenêtre intérieure, bien qu'on ne trouve pas d'escalier dans les maisons marines, et pas non plus de parapluies, pour la même raison ; à dire vrai, il n'existe pas davantage de différence entre portes et fenêtres.

La Dame-des-Flots se réinstalle, beauté plutôt épanouie, sur sa banquette, bien à l'aise. Elle pose Rover sur ses genoux. À l'instant même, sous la banquette, se fait entendre un grognement impressionnant.

« Tiens-toi tranquille Rover, tiens-toi tranquille gentil toutou », dit Mme Artaxerxès.

Ce n'est pas à notre Rover qu'elle s'adresse, mais à un chien-des-flots, blanc, qui maintenant se montre en dépit de son injonction. Il grogne, il grommelle, il brasse l'eau de ses petites papattes palmées ; il la cingle de sa grande queue plate, et sa truffe pointue souffle des bulles. Voilà que ce nouveau chien émet son jugement.

« Quelle horrible petite chose ! Mais regardez donc cette queue ridicule. Ah, les pattes qu'il a ! Et cette robe grotesque…

— Eh, regarde-toi toi-même, réplique Rover installé sur les genoux de la Dame-des-Flots, et tu ne vas pas avoir envie de recommencer. Qui donc t'a nommé Rover ? Tu n'es qu'un croisement de canard et de têtard, et ça se prétend un chien ! »

Cet échange d'aménités nous permet de voir que, dès le premier coup d'œil, ils s'apprécient mutuellement. Eh oui, ils ne tardent pas à être grands amis ; pas au même point que Rover et le lunechien sans doute, ne serait-ce que pour ces motifs : le séjour marin de Rover est plus bref, et pour les jeunes chiens les profondeurs ne sont pas aussi excitantes que la lune. En effet, elles sont pleines de ténèbres et d'endroits angoissants où la lumière jamais n'a pénétré, et jamais ne pénétrera parce qu'on ne les découvrira pas avant que la lumière disparaisse à jamais. En ces lieux vivent d'horribles choses, trop antiques pour qu'on puisse les imaginer, trop fortes pour qu'on puisse les décrire, trop infinies pour qu'on puisse les mesurer. Ces réalités, Artaxerxès les a déjà découvertes : la fonction de MAP n'est pas la plus agréable au monde.

Les deux animaux se bornent maintenant à se renifler l'un l'autre, leur querelle apaisée.

« Allez nager maintenant, et amusez-vous, ordonne Mme Artaxerxès. N'ennuyez pas les poissons-feu, ne mâchez pas les anémones de mer, ne vous laissez pas pincer par les clams, et rentrez pour dîner.

— C'est que... s'il vous plaît, dit Rover, je ne sais pas nager.

— Seigneur, quel ennui ! Eh, MAP – elle est la seule à l'appeler ainsi en sa présence – voilà quelque chose d'efficace à faire pour vous... enfin !

— Bien sûr, ma chère. »

Le magicien est très désireux de l'obliger, et content de pouvoir montrer qu'il connaît réellement quelques tours de magie, qu'il n'est pas un fonctionnaire tout à fait inutile, une « bernique » comme on dit dans ce monde marin[64]. Il puise une petite baguette dans la poche de son gilet et l'agite au-dessus de Rover. En réalité cette baguette est son stylo, mais qui ne sert plus à rien pour écrire. Le peuple-des-flots emploie une étrange encre visqueuse, complètement inutilisable dans les stylos. Malgré ce qu'ont dit certains, Artaxerxès est un très bon magicien dans son genre, sinon Rover n'aurait pas connu toutes ces tribulations. Son genre est mineur, c'est vrai, et il lui faut encore un peu de pratique[65]. Voici qu'après la première gigue de la baguette la queue de Rover commence à s'empoissonner, et ses papattes à s'emplumer ; quant à son pelage il devient de plus en plus imperméable. Lorsque le changement s'achève, il s'habitue très vite et se retrouve en train de nager. Se faire à la nage, c'est bien plus facile que de se faire au vol ; c'est presque aussi agréable et nettement moins fatigant, sauf si vous tenez à descendre dans les profondeurs.

Après un galop d'essai autour de la salle de bal, le premier choix que fait Rover consiste à mordre la queue de l'autre chien ! C'est pour rire, évidemment ; seulement, rire ou pas, l'affaire dégénère presque en une bagarre car le merchien prend facilement la mouche. Rover ne doit son salut qu'à une extrême agilité, mais vraiment il doit faire vite ! Ma parole, c'est une chasse : ils traversent les fenêtres, se poursuivent le long des passages sombres, tournent derrière les piliers puis à l'extérieur des coupoles et jusque là-haut là-haut autour des dômes, jusqu'à ce que, finalement, le merchien lui-même soit épuisé – et aussi sa mauvaise humeur. Alors, ils s'asseyent au sommet de la plus haute coupole, à côté de la hampe du drapeau. C'est là que flotte la bannière du Roi-des-Flots : flamme d'algues écarlates et vertes, pailletée de perles.

« Comment t'appelles-tu ? demande le merchien après avoir haleté un moment. Il a dit "Rover", mais c'est là mon nom, et comme je l'ai eu le premier tu ne peux pas l'avoir.

— Comment le sais-tu, que tu as été le premier ?

— C'est évident. Tu n'es qu'un petit chien, je le vois bien, et il y a tout juste cinq minutes que tu es apparu dans ces profondeurs. Il y a des siècles, un temps fou, que j'ai été enchanté : je m'attends bien à être le premier de tous les Rover. Mon maître initial était un authentique Rover, je veux dire un randonneur, un randonneur des flots qui partait à la voile dans les mers du Nord sur un long bateau aux voiles rouges, avec un dragon sculpté à la proue. Il l'avait appelé le *Ver Rouge* et il l'aimait[66]. Moi j'aimais mon maître. Je n'étais qu'un chiot, pourtant, et il ne m'accordait guère d'attention car je n'étais pas assez grand pour chasser et il n'emmenait pas de chiens à la voile. Mais un jour je suis parti sans avoir été demandé. Il faisait ses adieux à sa femme ; le vent soufflait, les hommes poussaient le *Ver Rouge* hors de ses tourniquets puis dans la mer ; autour du cou du dragon, l'écume était blanche. D'un coup j'ai senti que, si je ne partais pas moi aussi, je ne le reverrais pas. Je me suis débrouillé pour me faufiler à bord et me cacher derrière un baril d'eau. Avant qu'ils me trouvent nous étions loin en mer, et les amers étaient très bas sur l'eau.

» C'est alors qu'ils m'ont appelé Randonneur. Ils m'ont tiré par la queue et l'un d'eux a dit : "Voici un fier randonneur des mers." Un autre, à l'étrange regard, a complété : "Un sort mystérieux pèse sur lui, qui ne le ramène jamais à la maison." C'était bien vrai : jamais je ne suis rentré et toujours j'ai gardé la même taille, bien que j'aie vécu beaucoup d'années et grandi en sagesse, bien sûr.

» Pendant ce voyage, une bataille sur mer s'est

engagée. J'ai couru sur la plage avant, pendant que tombaient les flèches et que les épées résonnaient sur les boucliers. Hélas, les hommes du *Cygne Noir* nous ont pris à l'abordage, et ils ont passé par-dessus bord tout l'équipage de mon maître, qui s'en est allé en dernier. Il s'est dressé à côté de la tête du dragon, puis il a plongé dans la mer en tenue de combat ; et moi j'ai plongé derrière lui.

» Il est arrivé dans les profondeurs plus vite que moi, et les sirènes l'ont accueilli[67] ; mais je leur ai dit de le ramener à terre, et vite, car s'il ne revenait pas chez lui bien des gens allaient pleurer. Elles m'ont souri, l'ont relevé, l'ont emporté. Aujourd'hui, certaines disent qu'elles l'ont déposé sur le rivage, et d'autres hochent la tête en me regardant. Impossible de se fier aux sirènes, sauf pour garder leurs propres secrets : à ce jeu-là elles sont meilleures que les huîtres.

» Je me dis, souvent, qu'elles l'ont enterré dans le sable blanc. Bien loin d'ici repose encore une partie du *Ver Rouge* que les hommes du *Cygne Noir* ont envoyé par le fond ; du moins y était-elle encore à mon dernier passage. Tout autour d'elle et par-dessus poussait une forêt de goémon, mais la tête du dragon restait intacte, nue, pas même colonisée par les anatifes ; et sous l'épave il y avait un monticule de sable blanc.

» Cette histoire appartient à une époque très ancienne. Lentement, je me suis transformé en merchien. Les vieilles Dames-des-Flots de ces temps-là connaissaient quantité de tours de magie, et l'une d'elles avait pour moi des bontés. Elle m'a offert en cadeau au Roi-des-Flots, le grand-père de celui qui règne aujourd'hui. Depuis lors, j'ai toujours vécu dans le palais, et voilà toute mon histoire. Ces événements se sont produits il y a des siècles ; depuis cette époque, j'en ai connu des hautes mers et des basses, sans jamais retourner chez moi.

» À ton tour de me raconter ton histoire. Je suppose que tu n'arrives pas de la mer du Nord par un coup de hasard, non ? À mon époque ancienne on disait "la mer d'Angleterre". Connais-tu l'un de ces lieux antiques qui se trouvent dans les parages des îles Orkneys[68] ? »

Notre Rover doit avouer qu'il n'a jamais entendu parler de tout cela, mais simplement de « la mer », et encore pas beaucoup.

« Seulement, je suis allé dans la lune », ajoute-t-il ; et à son nouvel ami il conte de son aventure autant qu'il peut lui en faire comprendre. Le merchien est captivé, totalement, et il en croit au moins la moitié.

« Comme tu sais bien débiter des histoires ! C'est la meilleure que j'aie entendue depuis longtemps. La lune, je l'ai vue ; il m'arrive de monter à la surface, vois-tu, mais jamais je ne l'avais imaginée telle qu'elle est. Ma parole, le chiot du ciel ne manque pas d'audace ! Trois Rover ! Deux, c'est déjà pas mal, mais trois c'est impossible ; et pas un instant je ne crois qu'il puisse être plus ancien que moi. S'il était seulement centenaire, je serais drôlement surpris. »

Ce chien avait sans doute raison : rappelez-vous comme le lunechien exagérait.

« De toute façon, poursuit le merchien, il s'est borné à s'octroyer le nom. Le mien, on me l'a donné.

— Exactement comme moi, constate notre petit chien.

— Et sans raison aucune, et encore avant que tu l'aies mérité en quelque façon. L'idée du Lunehomme me plaît : moi aussi je vais t'appeler Roverandom, et si j'étais toi je me tiendrais à ce nom : tu sembles ne jamais savoir quel sera ton prochain point de chute. Et maintenant, à table ! »

On leur offre un dîner de poissons ; Roverandom s'habitue vite à cette nourriture, qui semble convenir à ses pattes palmées. Ayant fini, il se rappelle subitement pourquoi il a parcouru tout ce chemin jusqu'au fond de la mer, et il sort à la recherche d'Artaxerxès. Il le trouve faisant des bulles qu'il transforme en vraies balles, afin d'amuser les jeunes enfants-des-flots.

« S'il vous plaît, monsieur Artaxerxès, auriez-vous l'obligeance de me changer…

— Oh, va-t'en ! dit le magicien, ne vois-tu pas que je suis occupé ? Ne me dérange pas maintenant. »

Voilà ce que, trop souvent, Artaxerxès déclare aux gens qu'il ne considère pas comme importants. Il sait très bien ce que Rover désire, mais il n'est pas pressé.

Roverandom s'en va donc au lit, en nageant. Plus exactement, il va se percher, dans le jardin, sur un bosquet d'algues poussant sur un haut rocher. Uin la baleine antique se repose juste au-dessous, et si quelqu'un vous raconte que les baleines ne descendent pas jusqu'au fond de la mer, ou bien s'y arrêtent pour sommeiller pendant des heures, ne vous laissez pas tracasser par de telles sornettes. À tous égards, Uin l'antique est exceptionnelle.

« Tiens, dit-elle, comment ça s'est passé ? Je vois

que tu as conservé ta taille de jouet. Qu'est-ce qui ne va pas, du côté d'Artaxerxès ? Est-ce qu'il ne peut pas, ou bien est-ce qu'il ne veut pas ?

— Je crois qu'il peut : regarde ma nouvelle forme. Mais si jamais j'essaie d'aborder cette question de taille, il répond qu'il est très occupé et qu'il n'a pas de temps pour de longues explications.

— Youpff ! s'exclame la baleine, qui trois fois cogne de sa queue le côté d'un arbre ; et le remous balaie presque Roverandom de son rocher. Je ne crois pas que MAP aura du succès sur ce point ; mais ne te tracasse pas, tout va s'arranger, plus ou moins vite... En attendant, tu as des tas de choses à découvrir, demain. Va dormir ; au revoir. »

La baleine se dissout dans les ténèbres afin d'aller rendre compte à Psamathos dans sa grotte ; et ce rapport met l'intéressé de fort mauvaise humeur.

Dans le palais, les lumières sont toutes éteintes. La lune, ou quelque étoile, est hors d'état de traverser de sa lumière ces épaisseurs d'eau sombre. La couleur verte devient de plus en plus lugubre et finit par virer au noir intégral. Pas la moindre lueur, même faible, sauf quand un grand poisson lumineux se faufile, lentement, à travers les algues. Tout cela n'empêche pas Roverandom de dormir profondément, cette nuit, la suivante et plusieurs autres encore. Le lendemain et le surlendemain, il recherche le magicien mais ne parvient à le trouver nulle part.

Un matin, alors qu'il commence à se sentir un vrai chien-de-mer, et à se demander s'il est venu ici pour y rester à jamais, le merchien lui dit :

« Te tracasse pas pour ce sorcier ! Ou, plutôt, laisse-lui la paix. Passe-toi de lui aujourd'hui, et partons pour une vraie longue promenade à la nage. »

Les voilà partis. La longue promenade se transforme en une excursion de plusieurs jours. Ils couvrent une distance immense – n'oublions pas que ce sont des créatures enchantées ; rares sont les êtres du milieu marin capables de se déplacer aussi vite qu'eux. Quand ils sont fatigués des falaises et des montagnes des profondeurs, ainsi que des compétitions de vitesse entre deux eaux, ils remontent à la surface, par paliers, à la verticale, pendant un kilomètre et davantage. Enfin, ils parviennent à la surface, pour découvrir qu'on n'aperçoit pas la moindre terre : tout autour d'eux la mer est plate, et calme, et grise. Mais brusquement elle s'agite et, sous l'effet d'un petit vent froid, noircit par plaques : c'est la brise de l'aurore. Rapidement, le soleil s'élève, inondant de son éclat la surface de l'eau ; on croirait qu'il a bu du vin chaud, tant il est rouge. Le voici qui saute avec légèreté dans l'atmosphère et qui commence sa tournée quotidienne, dorant la bordure des vagues et faisant derrière elles des ombres vert foncé. Les voiles d'un bateau passent à l'horizon, où mer et ciel se confondent ; il cingle droit dans le soleil, face au feu duquel ses mâts paraissent noirs.

« Où s'en va-t-il ? questionne Roverandom.

— Oh ! Japon, Honolulu, Manille, île de Pâques, île Thursday, ou Vladivostok, ou ailleurs ; ou quelque part, je suppose. »

En dépit de ses siècles de vie marqués par ses exploits de rôdeur, la géographie du merchien est un peu vague.

« Ceci est le Pacifique à mon avis, ajoute-t-il ;

mais quelle région ? D'après mes sensations, région chaude[69]. C'est une plutôt grande flaque d'eau. Allons chercher quelque nourriture. »

À leur retour, quelques jours plus tard, Roverandom se remet sans attendre à la recherche du magicien, qu'il pense avoir laissé assez longtemps en paix. Il l'aborde de sa façon habituelle.

« S'il vous plaît, monsieur Artaxerxès, voudriez-vous avoir l'obligeance…

— Non. Impossible ! »

C'est dit de manière plus définitive encore que les autres fois, et il est bien vrai qu'en cet instant il a fort à faire. Les récriminations sont arrivées par la poste. Évidemment, dans le monde marin, toutes sortes de choses vont de travers, vous pouvez l'imaginer ; et même le meilleur des MAP océaniques ne peut les empêcher. Il en est, même, qui ne sont nullement de son ressort. Les épaves descendent lourdement, de-ci de-là, sur le toit de la maison marine d'Untel ; et dans le lit de la mer se produisent des explosions[70]. Mais oui, ils ont des volcans là-bas, et toutes sortes de nuisances aussi mauvaises que les nôtres. Les explosions soufflent le poisson rouge ou le troupeau primé au concours ; ou le bouquet d'anémones gagnant, ou encore une perle d'huître unique, un jardin célèbre de rocs et de coraux. Il arrive, même, que des poissons carnivores se battent sur la grand-route, faisant tomber les enfants-des-flots, ou que des requins sans cervelle apparaissent à la fenêtre de la salle à manger pendant le dîner, vous coupant l'appétit ; ou que les monstres des profondeurs sombres, innommables, des noirs abysses, fassent des choses horribles et mauvaises.

Le peuple-des-flots a toujours toléré cette situation, non sans se plaindre toutefois. Il aime récriminer. Il a pris l'habitude, bien sûr, d'écrire des lettres au Courrier des lecteurs : *Algue-Hebdo, Courrier Océanique, Opinion Maritime.* Mais il dispose maintenant d'un MAP, et c'est à lui qu'il écrit, c'est à lui qu'il s'en prend pour tout ce qui arrive, y compris quand l'un de ses habitants a la queue pincée par son propre bébé homard. Ce peuple-des-flots dit au MAP que sa magie est inadaptée, ce qui est parfois vrai, et qu'on devrait diminuer son salaire, opinion justifiée mais insolente ; et encore qu'il est trop grand pour ses bottes, ce qui n'est pas éloigné de la vérité, mais mieux vaudrait parler de pantoufles car l'intéressé est trop paresseux pour chausser souvent des bottes. En plus de cela, ils disent encore quantité de choses afin d'embêter Artaxerxès chaque matin, le lundi particulièrement. Ce jour-là, c'est toujours pire : plusieurs centaines d'enveloppes. Et voilà que Roverandom se présente un lundi ! Que fait alors Artaxerxès ? Il lui jette un morceau de rocher, et le petit chien s'enfuit comme une crevette échappant au filet.

Ah, il est joliment heureux de se retrouver dans le jardin et de constater que sa forme n'a pas varié. Il n'hésite pas à dire que, s'il n'avait pas filé aussi vite, le magicien l'aurait changé en escargot de mer[71] ou bien expédié à l'Arrière de l'Au-delà, où que cet au-delà puisse se trouver… peut-être même jusqu'à la Marmite, qui se trouve au fond de la mer la plus creuse.

Très soucieux, et grognant, Roverandom vient se confier à Rover-de-Mer.

« Tu ferais vraiment mieux de lui laisser la paix jusqu'à ce que lundi soit fini, conseille le merchien.

Si j'étais toi, je rayerais d'un coup tous les lundis à venir ! Bon, maintenant, viens nager. »

Après cela, Roverandom laisse le sorcier en paix si longtemps qu'ils finissent presque par s'oublier l'un l'autre ; presque, pas tout à fait, car les chiens n'oublient pas très vite les fragments de rocher ! Mais, selon toute apparence, Roverandom a pris la situation d'un animal favori du palais, en permanence. Il passe son temps au-dehors en compagnie du merchien, et souvent les enfants-des-flots se joignent à eux. Dans l'esprit de Roverandom ils ne sont pas aussi amusants que les enfants bipèdes, seulement il n'appartient pas vraiment au monde marin, ce qui l'empêche d'être un juge parfait. Qu'importe ! Ces enfants le rendent heureux, et ils pourraient même le garder à jamais en ces lieux, lui faisant finalement oublier Fistondeux, s'il n'y avait pas certains événements ultérieurs. Quand nous viendrons à en parler, vous pourrez vous faire votre idée. Psamathos y serait-il pour quelque chose ?

En toute hypothèse, entre ces nombreux enfants le choix est très ouvert. Le vieux Roi-des-Flots a des centaines de filles, des milliers de petits enfants ; ils habitent tous le même palais, et ils aiment tous, profondément, les deux Rovers, y compris Mme Artaxerxès. Quel dommage que Roverandom n'ait jamais eu l'idée de lui conter son histoire ! Elle sait comment traiter le MAP, quelle que soit son humeur. Il est vrai que, en pareil cas, Roverandom rentrerait chez lui plus tôt, évidemment, et qu'il manquerait donc un certain nombre de spectacles.

C'est en compagnie de Mme Artaxerxès et de quelques enfants-des-flots qu'il visite les Grandes

Grottes Blanches où sont amassés, cachés, tous les joyaux perdus dans la mer, ainsi qu'un grand nombre d'autres qui se sont toujours trouvés dans la mer, sans parler des perles en monceaux.

En une autre occasion ils rendent visite aux minuscules féemarines, dans leurs petites maisons de verre posées au fond de la mer. Il est rare que ces féemarines nagent ; elles préfèrent se promener en chantant au-dessus du lit, dans l'eau soyeuse, ou bien se laisser traîner, par les poissons les plus fins, dans des chariots de coquillages. Elles ne détestent pas non plus enfourcher de petits crabes verts auxquels elles passent des brides en fil, qui n'empêchent pas les crabes de marcher de côté, selon leur habitude. Les goblins de mer leur causent bien du souci car ils sont plus grands, laids et bagarreurs, se battant sans cesse, chassant les poissons et galopant de-ci de-là sur des hippocampes. Ces goblins sont capables de vivre un bon moment hors de l'eau, et de jouer dans les déferlantes à la surface des flots. Certaines des féemarines en sont capables aussi, mais elles préfèrent les soirées estivales, calmes et tièdes, sur les rivages écartés où elles s'isolent, ce qui explique qu'on les voie très rarement.

Uin revient, offrant aux deux chiens une chevauchée inhabituelle : on dirait une montagne animée. Les voilà partis pour des jours et des jours ; c'est tout juste à temps qu'ils reviennent du bord oriental du monde. Quand ils y sont parvenus, la baleine est montée à la surface et elle a soufflé un geyser d'eau à une hauteur telle qu'une bonne partie des gouttes sont passées hors du monde, par-dessus le rebord.

Une autre fois, Uin les a emmenés de l'autre côté,

en tout cas aussi près de l'autre côté que son audace le permettait. Plus tard, ayant gagné en âge et en sagesse, Rover a réalisé que c'était le plus beau de tous ses voyages. Il me faudrait un autre livre, au moins, pour vous conter toute cette histoire, en particulier ses aventures dans des eaux inexplorées, ses aperçus de terres dont la carte n'est pas dressée, puis le passage dans les Mers Ombreuses et l'arrivée dans la vaste baie de Terre Féerique ainsi qu'on l'appelle, au-delà des îles Magiques[72]. Bien loin vers l'occident, par-delà les vagues, ils apercevaient les terres du Pays Elfe et la lumière de Féerie. Roverandom se dit qu'il avait vue sur la Cité des Elfes et sur la colline verte située sur les montagnes, reflet blanc dans le lointain. Mais Uin plongea si brusquement qu'il ne put pas en être sûr.

Si Rover voyait juste, il est l'une des très rares créatures à deux ou quatre pattes qui peuvent marcher sur notre terre en disant qu'elles ont jeté un coup d'œil sur l'autre, même de loin.

« Ah ! J'en entendrais si cela venait à se savoir, déclara Uin. Personne des Terres Extérieures n'est censé venir ici, jamais ; et très rares sont ceux qui l'ont fait. Motus et bouche cousue[73] ! »

Qu'ai-je donc dit à propos des chiens ? Qu'ils n'oublient pas les fragments de rocher lancés par de mauvais caractères. Alors, ne vous étonnez pas si, malgré ces paysages divers et ces voyages stupéfiants, Roverandom a gardé ce fragment, en permanence, dans un coin de son esprit. Dès l'instant où il se retrouve chez lui, le rocher remonte à la surface

« Où est donc ce vieux sorcier ? À quoi sert d'être

poli avec lui ? Si j'ai seulement la moitié d'une occasion, je vais m'occuper de nouveau de son pantalon ! » Telle est sa première idée.

Dans cet état d'esprit, ayant vainement cherché à obtenir une rencontre en tête à tête avec Artaxerxès, voici qu'il aperçoit le magicien descendant une des voies royales qui partent du palais. À son âge, il est évidemment trop orgueilleux pour se doter d'une queue ou de nageoires, et même pour apprendre à nager correctement. La seule chose qu'il sait faire comme un poisson est de boire comme un trou, y compris dans la mer, ce qui évidemment lui donne soif[74]. Il passe une grande partie de son temps, normalement dû au travail, à faire apparaître du cidre dans des barils ventrus, à l'intérieur de sa demeure privée. Quand il veut se déplacer rapidement, il se met au volant. À l'instant où Roverandom l'aperçoit il conduit son express, une immense coquille en forme de coque tirée par sept requins ; étant donné que ces requins sont bien capables de mordre, chacun dégage la route !

« Suivons-le », dit Roverandom au merchien ; et les voilà partis, ces deux coquins. Ils bombardent l'attelage avec des fragments de rocher, tout au long des falaises sous lesquelles il passe. Ils sont capables de filer à une vitesse stupéfiante, je vous l'ai dit, et ils vont comme des flèches, précédant l'attelage et se cachant dans les algues ; tout ce qui leur tombe sous la patte ils le poussent par-dessus le rebord. C'est extrêmement désagréable pour le magicien mais les deux compères prennent soin de ne pas se faire repérer.

Avant de partir, Artaxerxès était de fort mauvaise humeur. Avant d'avoir fait beaucoup de chemin il est en rage, une rage quelque peu mêlée d'angoisse. En effet, il a pris la route afin d'évaluer les dommages causés par un tourbillon inhabituel, subitement apparu, et ceci dans un secteur de la mer qu'il n'aime pas du tout. Il pense, à juste raison, que dans cette direction se promènent des phénomènes désagréables auxquels il vaut mieux ne pas avoir affaire. J'ose dire que vous pouvez deviner de quoi il s'agit, tout comme Artaxerxès : l'antique Serpent-de-mer s'éveille, ou songe à s'éveiller.

Depuis des années il dort profondément, et voici qu'il se retourne. Avant de devenir torsadé, il atteignait certainement une longueur de mille huit cents mètres ; certains affirment qu'il pouvait joindre les deux extrémités de l'univers, mais ils exagèrent[75]. Quand il s'enroule, dans l'Océan tout entier une seule grotte peut l'accueillir, à l'exception de la Marie-Jeanne où il a l'habitude de vivre et où quantité de gens souhaitent qu'il revienne ; cette grotte-là est située, et c'est bien malheureux, à moins de deux cents kilomètres du palais du Roi-des-Flots.

Quand il arrive au serpent, dans son sommeil, de dérouler une boucle ou deux, la houle se soulève, secouant et pliant les maisons, troublant le repos de leurs habitants à des kilomètres alentour. Cela n'empêche pas qu'il soit tout à fait stupide d'envoyer le MAP régler cette affaire, car à l'évidence le Serpent-de-Mer est beaucoup trop énorme et fort et antique et bête pour que quiconque puisse le contrôler. On le dit aussi primordial, historique, autothalassique[76], fabuleux, mythique et stupide. Tout cela, Artaxerxès ne le sait que trop bien.

Le Lunehomme lui-même ne parviendrait pas, en travaillant dur pendant un demi-siècle, à concocter un charme assez vaste ou long ou fort pour le ficeler. Il n'a essayé qu'une seule fois, et sur requête particulière. Le résultat minimum a été la chute d'un continent dans la mer[77].

Ce pauvre malheureux Artaxerxès dirige son attelage tout droit jusqu'à la gueule de la grotte du Serpent-de-Mer. À peine en est-il descendu qu'il aperçoit la pointe de la queue dépassant de cette entrée. Cette pointe, verte et visqueuse, est plus grande qu'une rangée de barils à eau pansus. Oh, cela lui suffit ! Il n'éprouve qu'un désir, rentrer chez lui sur-le-champ avant que ce grand Ver ne se tourne une nouvelle fois, comme font tous les vers à des moments étranges, alors qu'on ne s'y attend pas[78].

C'est le petit Roverandom qui vient tout chambouler ! Il ne sait rien du Serpent-de-Mer et de l'épouvante qu'il sème. Il ne songe qu'à une chose : tourmenter ce sorcier au mauvais caractère. Et voilà sa chance : Artaxerxès est là, debout, fixant comme hébété l'extrémité visible du Serpent ; quant à ses coursiers, ils ne portent une attention particulière à rien. Alors, Roverandom s'approche en rampant et mord la queue d'un requin. Pour rire. Pour rire ! Ah, quelle rigolade ! Dans l'eau, le requin effectue un bond en avant, entraînant le char ; Artaxerxès, qui vient juste de se tourner afin d'y remonter, tombe sur le dos. Alors, le requin mord la seule chose qu'il puisse mordre en cet instant : un autre requin placé devant lui. À son tour, celui-ci mord le voisin, et le mouvement se propage jusqu'au dernier des sept, lequel ne voit plus rien à mordre, sinon – Dieu me pardonne, qu'il est bête ! – la queue du Serpent-de-Mer.

Le Serpent se retourne une nouvelle fois, ce qui est

vraiment inattendu. Le dernier souvenir des chiens est un tourbillon qui les emporte aux quatre coins de cet endroit : les flots sont devenus fous. Ils se heurtent à des poissons pris de vertige, à des arbres aquatiques qui tournoient ; une peur bleue les étreint quand ils se retrouvent dans un nuage d'algues déracinées, de sable, de coquillages, de limaces de mer, de bigorneaux[79] et d'échantillons des profondeurs marines. Les choses ne cessent d'empirer, le Serpent ne cesse de remuer. Cramponné aux rênes de son attelage, le vieil Artaxerxès est lui aussi emporté partout dans le tourbillon, et il lâche des bordées de jurons à leur égard – je veux parler des requins. Heureusement pour mon histoire, il n'a jamais su ce qu'avait fait Roverandom.

Comment les chiens rentrent-ils à la niche ? Je n'en sais rien. Ce qui est sûr, c'est qu'il leur faut beaucoup de temps. Ils commencent par être projetés par les flots, sur le rivage puis dans un raz-de-marée provoqué par les frémissements du Serpent-de-Mer. Ensuite, de l'autre côté de la mer, ils sont capturés par des pêcheurs et tout droit expédiés dans un aquarium, répugnant destin ! S'étant échappés d'extrême justesse, il leur faut rebrousser chemin en utilisant toutes leurs forces, traversant des tremblements souterrains en chaîne. Lorsqu'ils atteignent enfin leur demeure, une commotion non moins terrible les attend. Le peuple-des-flots, en foule, entoure le palais, scandant d'une seule voix toujours croissante[80] :

« Faites sortir le MAP – eh oui, ils ne craignent pas de l'appeler publiquement ainsi : aucun nom plus long ou plus digne – FAITES SORTIR LE MAP ! FAITES SORTIR LE MAP ! »

Le MAP se cache dans les caves, où Mme Artaxerxès

finit par le dénicher. Elle le fait sortir ; alors, quand il apparaît à l'une des fenêtres du grenier, le peuple-des-flots crie :

« Arrêtez cette absurdité. ARRÊTEZ CETTE ABSURDITÉ ! ARRÊTEZ CETTE ABSURDITÉ ! »

Ils font un tel raffut que, aux quatre coins de la mer, d'un bout à l'autre de l'univers, les gens pensent que l'Océan mugit un ton plus haut que d'habitude. Et c'est bien vrai !

Pendant tout ce temps le Serpent-de-Mer continue à se retourner, tentant distraitement d'attraper avec la bouche l'extrémité de sa queue. Grâce à Dieu il n'est pas vraiment tout à fait éveillé, sinon il serait bien capable de sortir et de secouer la queue dans un accès de colère ; alors, un autre continent chuterait dans la mer. Un tel événement serait-il pleinement regrettable, ou non ? La réponse dépend évidemment du continent victime et du continent que vous habitez[81].

Le peuple-des-flots, lui, ne vit pas sur un continent mais dans la mer, au plus épais – qui, en ces instants, devient vraiment très épais. Les habitants insistent sur le fait qu'il appartient au Roi-des-Flots d'obliger le MAP à fabriquer un charme, un remède, bref une solution qui fasse tenir tranquille le Serpent-de-Mer. Ils n'ont pas la possibilité de porter les mains au visage pour se nourrir, ou se moucher, les flots sont bien trop secouants et chacun se cogne au voisin ; tous les poissons ont le mal de mer tant l'eau remue ; chacun tousse, tant elle est turbide et sableuse ; enfin, plus personne ne danse.

Artaxerxès gémit ; mais il se doit de faire quelque chose. Donc il entre dans son atelier et s'y enferme une quinzaine de jours. Pendant ce délai on dénombre trois tremblements de terre, deux ouragans sous-marins et plusieurs émeutes du peuple-des-flots. Alors il ressort, et lâche un maléfice tout à fait extraordinaire, accompagné d'une incantation apaisante, à quelque distance de la grotte. Chacun alors rentre chez soi et gagne sa cave, dans l'attente, sauf Mme Artaxerxès et son infortuné mari. Le magicien est contraint de rester à une certaine distance mais pas en sécurité, afin de contrôler le résultat, et son épouse se trouve dans l'obligation de rester afin de le surveiller, lui. Le maléfice doit apporter au Serpent un terrible cauchemar : il va rêver qu'il est couvert de barnacles, ce qui est en partie vrai, et très irritant ; il va rêver également qu'il est rôti à feu doux dans un volcan, supplice très douloureux, hélas totalement imaginaire. Alors, il s'éveillera.

Il s'éveille. Sans doute la magie d'Artaxerxès est-elle de meilleure qualité qu'on ne suppose. Quoi qu'il en soit, le Serpent-de-Mer ne sort pas, par bonheur pour la suite de l'histoire. Il pose sa tête là où est sa queue et bâille, ouvrant une gueule aussi vaste que la grotte ; et il s'ébroue si bruyamment que, dans tous les royaumes marins, chacun peut l'entendre. Alors, il déclare :

« Arrêtez cette ABSURDITÉ ! Si ce crétin de sorcier ne s'en va pas à l'instant même, et si jamais il recommence à barboter à ce point dans la mer, alors JE SORTIRAI, et il sera le premier que je boulotterai. Ensuite, je cognerai tout ce qui me tombera sous la griffe, afin de le réduire en mille morceaux ruisselants. Je n'ai rien à ajouter. Bonne nuit. »

Et Mme Artaxerxès rapporte à la maison le MAP évanoui…

Quand il est rétabli – et c'est rapide, on y a veillé – il libère le Serpent du maléfice, et fait ses bagages. Alors, tout le peuple crie :

« Débarrassez-nous du MAP ! Ah oui, bon débarras. Rien à ajouter. Adieu ! »

Et le Roi-des-Flots ajoute :

« Nous ne souhaitons pas vous perdre, mais nous croyons que vous devez partir. »

Artaxerxès se sent très petit et complètement insignifiant, ce qui est une bonne chose. Même le merchien rit de lui. Mais, chose curieuse, Roverandom, lui, est tout retourné. Il a de bonnes raisons de savoir que la magie d'Artaxerxès n'est pas sans effet ; et c'est bien lui qui a mordu la queue du requin, pas vrai ? Et c'est bien lui qui a mis en route toute cette affaire, en mordant un pantalon. Et il est un terrien, qui mesure à quel point c'est dur, pour un malheureux magicien terrien, d'être tourmenté par tout ce peuple-des-flots. Il s'en va donc à la rencontre du vieux bonhomme, et lui dit :

« S'il vous plaît, monsieur Artaxerxès…

— Eh bien ? interroge, d'un ton très aimable, le magicien, si content de ne pas être appelé MAP et qui, depuis des semaines, n'a pas entendu un “monsieur”. Eh bien, que veux-tu, petit chien ?

— Excusez-moi, vraiment… j'ai des regrets… je veux dire… que je n'ai jamais songé à abîmer votre réputation. »

Roverandom pense au Serpent-de-Mer et à la queue du requin. Par bonheur, Artaxerxès imagine qu'il fait allusion à son pantalon.

« Viens, viens. Oh, on ne va pas ressusciter le passé. Moins on en dit, mieux on se porte, mieux on se raccommode. Je pense que toi et moi nous aurions intérêt à rentrer chez nous ensemble.

— Mais… mais… s'il vous plaît monsieur Artaxerxès, voudriez-vous prendre la peine de me restituer mes dimensions d'origine ?

— Évidemment ! acquiesce le magicien, content de trouver quelqu'un qui le croit encore capable de quelque chose. Évidemment ! Ah, tant que tu es ici, tout au fond, cette taille-là te convient mieux et te protège plus. Commençons par filer d'ici. En ce moment précis, je me trouve réellement et pleinement occupé. »

Et c'est bien vrai qu'il l'est. Il retourne dans ses ateliers, y ramasse tout son bazar, ses insignes, ses symboles, ses memoranda, ses livres de recettes, ses formules ésotériques, ses appareils, ses sacs, enfin ses bouteilles pleines de charmes divers. Dans sa forge étanche, il brûle tout ce qui veut bien brûler ; le reste, il le disperse dans le jardin, à l'arrière de l'atelier, et bien plus tard on y constate des choses extraordinaires : les fleurs deviennent folles et les légumes monstrueux ; les poissons qui s'en nourrissent deviennent vers marins, chats d'eau, vaches des flots, lions et tigres aquatiques, diables des mers, marsouins, têtards océaniques, céphalopodes, lamantins, calamités ; au minimum ils sont empoisonnés. Les fantasmes, les visions, les ahurissements, les illusions, les hallucinations germent si serré que personne ne trouve plus la paix dans le palais et qu'il faut le quitter. En fait, après avoir perdu le magicien, chacun commence à vénérer sa mémoire ; mais bien du temps déjà a passé. À l'instant dont je parle, ils ne songent tous qu'à réclamer à cor et à cri son départ[82].

Quand il a fini, Artaxerxès fait ses adieux, plutôt froidement, au Roi-des-Flots. Les enfants-des-flots ne semblent guère se tracasser : il a été si souvent occupé qu'il a rarement eu l'occasion de faire des bulles – comme celles dont je vous ai parlé. Quelques-unes de ses innombrables belles-sœurs font l'effort d'être polies, en particulier en présence de Mme Artaxerxès ; mais au fond du cœur chacun est impatient de lui voir tourner les talons, afin de pouvoir envoyer au Serpent-de-Mer un humble message : « Vôtre Grâce, ce fâcheux sorcier nous a quittés et ne reviendra plus. Veuillez retourner dormir. »

Mme Artaxerxès elle aussi s'en va, évidemment. Le Roi-des-Flots a tant de filles qu'il peut se permettre d'en perdre une sans beaucoup de peine, spécialement la dixième des aînées. Arrivés au pas de la porte, il lui donne un sac de bijoux et un baiser mouillé, puis retourne sur son trône. Mais les autres sont tous bien tristes, en particulier la multitude des neveux et nièces-des-flots de Mme Artaxerxès ; tous aussi sont bien affligés de perdre également Roverandom. Le plus triste, le plus abattu, est le merchien.

« Envoie-moi quelques lignes, à chaque passage au bord de la mer, et je surgirai de l'eau pour te dire bonjour.

— Je n'oublierai pas. »

L'instant du départ est venu. La plus antique des baleines attend. Roverandom s'assied sur les genoux de Mme Artaxerxès, et quand ils sont tous casés sur le dos de la baleine ils s'en vont. Alors tous les gens disent à voix bien haute « Adieu », et aussi, mais avec quelque inquiétude : « Nous voici débarrassés d'une mauvaise camelote. »

Ainsi s'achève, pour Artaxerxès, la fonction de Magicien Atlantique Pacifique. Depuis lors, qui donc se charge des ensorcellements ? Je n'en sais rien mais je suis enclin à penser que Vieux Psamathos et Lunehomme ont arrangé l'affaire entre eux : ils en sont parfaitement capables.

5

La baleine accoste sur un rivage tranquille, bien loin de la crique de Psamathos ; Artaxerxès a beaucoup insisté sur ce point. Ils y laissent Mme Artaxerxès et Uin, pendant que le magicien, qui a glissé Roverandom dans sa poche, couvre à pied quatre kilomètres à peu près, jusqu'à la station balnéaire voisine, afin de se procurer un vieux vêtement, un chapeau vert et un peu de tabac en échange de son magnifique costume de velours qui crée quelque sensation dans les rues. Ah ! Il achète aussi un fauteuil roulant pour Mme Artaxerxès : rappelez-vous qu'elle possède une queue.

« S'il vous plaît, monsieur Artaxerxès... », commence, une fois encore, Roverandom quand ils se retrouvent, dans l'après-midi, assis sur la plage.

Adossé à la baleine, le magicien fume la pipe, plus heureux apparemment qu'il n'a été depuis bien longtemps, et totalement désœuvré.

« Si on parlait de ma forme naturelle, cela vous ennuierait-il ? Et aussi de ma taille naturelle, s'il vous plaît[83].

— Oh, pourquoi pas ? Je me disais que, avant de me remettre au travail, j'allais juste pouvoir m'offrir un

petit somme ; mais c'est sans importance, consolons-nous. Où donc est mon… »

Et il reste court. Il vient de se rappeler, subitement, qu'il a brûlé tous ses charmes ou les a jetés au creux de la Mer Bleue Profonde. En vérité, le voici profondément tracassé. Il se lève, tâte les poches de son pantalon, de son gilet, de son manteau, dont il fouille l'intérieur. Pas le plus petit morceau de magie, nulle part !

Bien sûr que non, pauvre vieil homme stupide ! Il est si énervé qu'il en a oublié ceci : il vient de l'acheter, ce costume, il y a une heure ou deux, à un prêteur sur gages. Il est clair que le vêtement était la propriété, ou du moins avait été vendu par un vieux majordome, qui avait commencé par en vider les poches sans négliger le plus petit détail.

Le magicien s'assied, s'éponge le front avec un mouchoir pourpre ; il est, une nouvelle fois, profondément malheureux.

« Je suis très désolé, très désolé vraiment. Jamais je n'ai eu l'intention de te laisser ainsi pour l'éternité. Hélas, en cet instant, je ne vois pas quel remède t'apporter. Que cela te serve de leçon : ne mords plus le pantalon des gentils magiciens.

— Absurdité totale ! réplique Mme Artaxerxès : gentil magicien, ah oui, vraiment ! Ce n'est pas le moment, ah non, de parler de gentil ni de magicien si tu ne rends pas, à la minute même, sa forme et sa taille à ce petit chien. Je dirai même plus : je vais retourner tout au fond de la Mer Bleue Profonde, et jamais je ne te reviendrai. »

Pauvre vieux Artaxerxès semble aussi traumatisé qu'à l'instant où le Serpent-de-Mer semait la pagaille.

« Ma Chérie, je suis très ennuyé. J'ai placé sur ce chien mon antidote à magie le plus puissant. C'était peu après que Psamathos, maudit soit-il, eut commencé à se mêler de cette affaire. Je voulais seulement lui montrer qu'il n'était pas capable de tout faire et que je n'entendais pas laisser des sorciers-lapins-de-sable se charger de mon amusement personnel ! Quand j'ai fait le ménage là-bas, dans les profondeurs, j'ai totalement oublié de sauvegarder l'antidote. Je le conservais, habituellement, dans un sachet noir pendu à la porte de mon atelier. Grand Dieu, Dieu du ciel, tout cela n'était qu'une plaisanterie, je suis sûr que tu le comprends. »

Et le chagrin rend très grand et rouge le vieux nez d'Artaxerxès… qui continue sa litanie « Grand Dieu, Dieu du ciel », tout en secouant tête et barbe. Il ne remarque même pas que Roverandom ne lui prête aucune attention et que la baleine fait des clins d'œil. Mme Artaxerxès s'est levée, est allée vers ses bagages, et la voici qui rit en brandissant, à bout de bras, un vieux sac noir.

« Maintenant, cesse d'agiter ta barbe. Au travail ! » dit-elle.

Artaxerxès aperçoit le sac et, pendant un moment, il est si stupéfait qu'il ne peut rien faire d'autre que le fixer, bouche bée.

« Allons, viens, dit sa femme. C'est bien ton sac, n'est-ce pas ? Je l'ai ramassé en même temps qu'un certain nombre de bricoles dépareillées qui m'appartenaient, sur cet affreux tas de camelote que tu as fait dans le jardin. »

Elle ouvre le sac afin d'y jeter un coup d'œil, et le stylo-baguette magique du sorcier s'en échappe, en même temps qu'un nuage de drôle de fumée, qui se tord en d'étranges formes et de curieux visages. Alors Artaxerxès se réveille complètement.

« Eh, donne-le-moi, tu gaspilles ! »

D'un geste vif il saisit Roverandom par la peau du cou, et en moins de temps qu'il n'en faut pour dire « chien », il le fourre dans le sac malgré ses jappements et ses gigotis. Puis il élève la baguette vers le ciel et fait tourner le sac, trois fois. Enfin il l'ouvre, en disant :

« Merci. Cela fera très bien l'affaire. »

Alors, on entend un grondement. Regardez bien, contemplez : le sac a disparu, il ne reste que Rover, tel qu'il a toujours été avant de rencontrer le magicien ce matin-là, sur la pelouse. Ah, peut-être pas exactement le même Rover, car il est un peu plus grand, ayant quelques mois de plus.

Il ne servirait à rien de tenter de décrire l'excitation qu'il ressent, et comme tout, maintenant, lui paraît drôle et plus petit, jusqu'à la plus antique des baleines ; enfin, à quel degré il se sent fort et féroce. Un instant, il lorgne avec convoitise vers le pantalon du magicien, mais il ne désire pas que toute cette histoire recommence ; alors, après avoir couru, en cercle, deux bons kilomètres pour exprimer sa joie, après s'être presque cassé la tête à force d'aboiements, il revient et dit « Merci », avant d'ajouter :

« Très heureux d'avoir fait votre connaissance – ce qui dénote vraiment une grande politesse.

— Parfait, parfait ! répond Artaxerxès. C'était mon ultime tour de magie, je vais prendre ma retraite… Toi, tu ferais mieux de rentrer à la maison. Il ne me reste plus de magie pour t'y expédier, il te faudra donc aller à pied, mais il n'y a pas là de quoi faire du mal à un jeune chien solide. »

Rover fait ses adieux. Mme Artaxerxès lui donne un morceau de gâteau, et la baleine un clin d'œil ; c'est la dernière vision qu'il emporte d'eux pour un bon moment. Bien bien longtemps après, alors qu'il se promène dans une station balnéaire pour la première fois, il découvre ce qui leur est arrivé, car ils sont là, le sorcier retraité et sa femme ; pas la baleine, évidemment… Ils se sont établis ici. Artaxerxès, sous le nom de Mr A. Map, a créé un commerce de cigarettes et de chocolat à proximité de la plage. Il fait extrêmement attention à ne pas entrer en contact avec l'eau, même fraîche, ce qui ne lui coûte pas cher… C'est un commerce bien banal pour un magicien ; au moins a-t-il le mérite de chercher à nettoyer l'horrible gâchis que ses clients font sur la plage. En outre, il gagne beaucoup d'argent grâce au « Rocher de Map », friandise très rose et gluante qui contient peut-être le dernier grain de magie : en effet, les enfants l'aiment tant qu'ils la mangent même après l'avoir laissée tomber dans le sable[84]. Mme Artaxerxès, je devrais dire Mme A. Map, gagne beaucoup plus d'argent. Elle pratique le gardiennage de tentes de bain et de caravanes[85], donne des leçons de natation, regagne son domicile en chaise roulante tirée par des poneys blancs, et l'après-midi porte les bijoux offerts par le Roi-des-Flots. Elle est devenue très célèbre, de sorte que nul ne fait jamais la moindre allusion à sa queue.

Entre ses adieux au couple Map et ses retrouvailles, Rover a pris le chemin du retour. Il chemine dans les sentiers de la campagne, puis sur les routes, avançant selon les indications de sa truffe, qui doit finir par le reconduire chez lui, ainsi que font les truffes de chien. Il marche à pas feutrés, tout en méditant. « Ah, les rêves du Lunehomme ne se réalisent pas tous, il l'a dit lui-même. Celui-ci, évidemment, est de ceux qui ne deviennent pas vrais. Je ne sais même pas le nom du lieu où vivent les garçonnets. Quel dommage ! »

Il constate que ce pays tout sec est souvent aussi dangereux, et bien moins intéressant, pour un chien, que la lune ou l'océan. Une voiture suit l'autre, quel boucan ! Avec les mêmes gens, tous à la même vitesse, soulevant la même poussière, semant les mêmes odeurs, pour se rendre quelque part…[86] « Je crois que la moitié d'entre eux ne savent pas où ils vont, ou bien pourquoi ils y vont ; je ne crois pas qu'ils le sauraient s'ils y allaient », grogne-t-il en toussant au point de s'étrangler.

Ses papattes sont fatiguées par ces routes dures, tristes, sombres ; alors, il prend à travers champs, et au hasard de sa marche sans but précis, il y trouve des aventures plaisantes, du genre oiseau et lapin, bataille agréable avec d'autres chiens, et fuite éperdue, renouvelée, devant de plus grands congénères.

C'est ainsi que, finalement, des semaines ou des mois après le début de cette histoire – mais il serait bien incapable de vous préciser cette durée – il se retrouve au portail de son propre jardin. Et sur la pelouse que voit-il ? Fistondeux qui joue avec la balle jaune. Le rêve est donc devenu réalité, à l'instant même où il ne l'espérait plus.

« Oh ! Voici Roverandom ! » s'écrie Fistondeux en lançant des acclamations.

Rover s'assied et fait le beau. Il ne trouve pas de

voix pour aboyer. Le garçonnet l'embrasse sur la tête puis se rue dans la maison en criant :

« Mon petit chien qui fait le beau est revenu, plus grand et… vrai. »

Alors, il raconte tout à sa grand-mère. Comment Rover pourrait-il savoir que, pendant tout ce temps, il a appartenu à la grand-mère des garçonnets ? Il n'a été sa propriété qu'un mois ou deux, quand il était ensorcelé. Je m'interroge pour savoir ce que Psamathos et Artaxerxès en ont su eux-mêmes.

Grand-maman est vraiment très étonnée de voir son chien revenir en aussi bonne santé, pas écrasé par une auto, pas aplati par un camion. Elle ne comprend rien à l'histoire que raconte son petit-fils, bien qu'il lui dise avec exactitude, puis répète inlassablement, tout ce qu'il sait. Elle saisit, avec d'énormes difficultés car elle est, évidemment, tout juste très légèrement sourde, que le chien doit être appelé Roverandom et non Rover parce que le Lune-homme en a décidé ainsi – « cet enfant a d'étranges idées, en vérité ! » – ; et que ce chien, tout bien réfléchi, appartient à Fistondeux et pas à elle ; parce que, elle, grand-mère l'a rapporté à la maison avec les crevettes.

« Très bien mon chéri, comme tu voudras… Moi, je croyais l'avoir acheté au fils du frère du jardinier. »

Je ne vous raconte pas toute la discussion, cela va de soi. Comme il arrive souvent quand l'un et l'autre ont raison, elle est longue et compliquée. Tout ce que vous désirez savoir, le voici. À dater de ce jour, il s'est appelé Roverandom et il a appartenu au petit garçon. Quand les gamins ont achevé leur séjour chez leur grand-mère, il est retourné à la maison où il s'était assis, autrefois, sur la commode. Il n'a, évidemment, jamais recommencé, partageant son temps entre la campagne et, plus fréquemment, la maison blanche sur la falaise surplombant la mer.

Il en est venu à très bien connaître le vieux Psamathos, jamais assez intimement tout de même pour omettre le P, mais suffisamment pour se permettre, devenu grand chien très digne, de l'extirper du sable et de son sommeil afin d'avoir avec lui, fréquemment, une conversation. En fait, Roverandom a acquis une grande sagesse, qui lui vaut une immense réputation locale, et il a vécu toutes sortes d'autres aventures, dont un grand nombre ont été partagées avec le petit garçon. Celles dont je vous ai parlé sont sans doute les plus insolites et les plus excitantes. Tinker est seule à dire qu'elle n'en croit pas un mot. Chatte jalouse !

Notes

Introduction

1. Le *Times* du 7 septembre 1925 rapporte que, « à Whitley Lay, toutes les boutiques de distraction et les équipements d'appontage ont été écrasés ; la plage était jonchée de morceaux de bois et de fer... À Hornsea, les vagues ont atteint la hauteur de 40 pieds (13 mètres), arrachant de leurs gonds les sièges du nouveau front de mer et inondant les champs. À Searborough, la piscine de la plage sud a perdu de grosses pierres de jointement. » Les prévisions météorologiques avaient annoncé des ondées occasionnelles.

2. Les originaux se trouvent à la Bodleian Library de l'université d'Oxford (MS Tolkien drawings : 88, folio 25 pour le paysage lunaire ; 89, folio 1 : alunissage de Rover ; 89, folio 2 : maison où Rover-jouet commença ses tribulations ; 89, folio 3 : le Dragon Blanc poursuit Roverandom et le Lunechien ; 89, folio 4 : jardins du palais du Roi-des-Flots).

3. La majorité d'entre elles ont été éditées en 1976, sous la responsabilité de Baillie Tolkien : *The Father Christmas Letters*.

4. Jeu ou amusement, pour l'époque de Noël en règle générale. Il consiste à enlever vivement des raisins secs d'un bol ou d'un plat où brûle du brandy ou un autre alcool, et à les avaler avant extinction (*Oxford English Dictionary*).

5. La note de R. Unwin cite le nom « Psamathos » et le prix – six pence – détails absents du texte de Roverandom avant le deuxième tapuscrit, fragmentaire, et le troisième, complet.

6. Voir plus loin : *J.R.R. Tolkien, biographie*, par Humphrey Carpenter (1977).

Roverandom

1. Les collecteurs itinérants sont appelés « bone and bottle men », ce qui signifie littéralement hommes d'os et de bouteilles. Ils vendaient, en effet, ces matériaux, ainsi que d'autres, pour gagner leur vie, aux meuniers de papier et d'os.

2. La plume bleue piquée à l'arrière du chapeau vert rappelle le personnage de Tom Bombadil, héros d'une histoire antérieure de Tolkien, et personnage du *Seigneur des Anneaux* (1954-55), qui porte, lui aussi, un chapeau orné d'une plume bleue.

3. L'idée d'après laquelle les jouets se mettent à vivre la nuit, ou bien quand nul ne les regarde, se rencontre dans de nombreuses histoires : *Le Courageux Soldat de plomb*, de H.-C. Andersen (1838), *La Poupée de cire*, de E.-H. Knatchbull-Hugessen (1869).

4. Dans le premier manuscrit, Rover ne vaut que quatre francs, somme élevée à six dans le second, peut-être en conséquence de la hausse des prix qui a marqué les années écoulées entre les deux rédactions.

5. Aux environs de quatre heures de l'après-midi, on sert au Royaume-Uni une légère collation : thé, pain, gâteaux.

6. La mère des trois garçons est évidemment Edith, c'est-à-dire Mrs Tolkien ; les trois garçons sont John, Michael et Christopher. Michael est celui qui « aime particulièrement les petits chiens ».

7. Rover est enveloppé, pour la cliente, dans un papier serré aux extrémités.

8. Les fées éponymes de *Sylvie et Bruno*, œuvre de Lewis Carroll (1889-1893), que Tolkien appréciait profondément, parlent couramment le chienlangue (*doggee*).

9. Dans le premier tapuscrit, Rover est posé sur une commode. Tolkien a peut-être senti que ce type de meuble était trop haut pour que Rover soit capable d'en sauter, même sur un lit, afin d'explorer la demeure ; même difficulté pour l'opération inverse au retour, à l'aurore.
Après tout, Rover est un jouet, et de très petites dimensions, bien que parfois il semble avoir grandi. La phrase « Il voit Rover assis sur la commode » est une survivance de la rédaction initiale. Tolkien y a ajouté une courte explication embarrassée : « où il l'avait posé tout en s'habillant » ; et il laisse, à la dernière page, la référence à « la maison où il s'était, autrefois, assis sur la commode ».

10. L'image de la lune émergeant de la mer peut avoir été inventée par Tolkien. On ne peut, cependant, négliger sa ressemblance frappante avec un passage du *Garden behind the Moon* (*Le Jardin derrière la lune*, 1895) de Howard Pyle, écrivain et artiste américain : « Sentier lunaire brillant, qui s'étend de la terre sombre… vers la lune. » Dans cet ouvrage le principal personnage, partant du rivage, marche le long du sentier de lumière et rend visite au Lunehomme. Dans *Roverandom*, le chien ne trottine pas sur ce sentier : il y est porté, en survol.

11. Fistondeux est Michael, le deuxième fils de Tolkien.

12. Dans le manuscrit, le sablesorcier est appelé Psammead, mot directement emprunté à « Sandfairy » d'E. Nesbit (*Five children and It*, 1902 ; *The Story of the Amulet*, 1906). Comme le psamathiste de Tolkien, le psammead de Nesbit est un personnage bourru et fantasque ; rien ne lui plaît davantage que de dormir dans le sable chaud. Dans le premier tapuscrit, Tolkien appelle parfois « samyad » le psammead, et très brièvement qualifie Psamathos de « nilbog » (goblin, inversé). Dans le deuxième, Psamathos a trouvé son nom, ou bien est appelé « le psamathiste ».

13. Les trois termes Psamathos, Psamathides, Psamathistes, portent la racine grecque « psammos », qui signifie « sable ». Le

premier des trois, bien adapté aux habitudes du personnage, veut dire : sable de mer. Le deuxième s'achève en « ides », signifiant : « fils de ». Quant au troisième, son suffixe « ist » désigne celui qui se consacre à une branche du savoir, par exemple – en anglais – *philologist*. Ainsi se construit, schématiquement, le nom : Sableux, fils de Sableux, expert en sable.

14. Jusqu'à la version définitive, les longues oreilles sont des cornes. Quant au Psammead de Nesbit, il a les yeux « sur de longues cornes, comme les yeux d'escargot ».

15. « Je suis Psamathos Psamathides, chef de tous les Psamathistes. » Tolkien vient d'exposer que le personnage faisait tout plein d'embarras à propos de la prononciation. Il s'amuse du fait que, dans la prononciation correcte de ces trois mots, le « P » de Ps est muet. *L'Oxford English Dictionary* expose que laisser tomber le P en anglais dans ces mots constitue « un comportement d'illettré qui conduit souvent à une ambiguïté ou à un travestissement de la composition du mot. » En conséquence il recommande de donner au « p » un caractère facultatif pour tous les mots empruntés à la langue grecque, sauf le groupe « psalm »-« psalter ».

16. Le nom Artaxerxès est approprié à l'origine géographique du sorcier : la Perse. C'est celui de trois rois de ce pays, aux Ve et IVe siècles avant l'ère chrétienne ; ainsi que du fondateur de la dynastie sassanide au IIIe.

17. Pershore (Côte-de-Perse) est une bourgade proche d'Evesham (Worcestershire). Tolkien, bien sûr, joue avec l'homonymie Persia-Pershore. Il est également intéressant de noter que la vallée d'Evesham est renommée pour ses prunes, parmi lesquelles existe la variété « Jaune Pershore » ; et que le frère de Tolkien, Hilary, possédait un verger et un jardin maraîcher proche d'Evesham, où il a entretenu des pruniers pendant des années. « Habile cueilleur de prunes », ce qualificatif suggère qu'Artaxerxès sait mettre la main sur le meilleur, le plus raffiné.
Le cidre est en Angleterre une boisson alcoolisée faite de jus de pomme fermenté. Pour certains, le meilleur cidre se

fait à l'ouest de l'Angleterre, et c'est là que se trouve le Val d'Evesham.

18. Le goéland cendré est une variété de l'espèce.

19. Près de Filey se trouvent Speeton et Bempton, célèbres pour leurs falaises élevées (130 mètres, abrupts). D'innombrables oiseaux de mer y nichent. Ce sont des falaises de craie, donc blanches et pas noires. Les îles inhabitées possèdant des falaises semblables et des colonies d'oiseaux sont légion le long des côtes septentrionales de la Grande-Bretagne.

20. La véritable île des Chiens est une langue de terre qui entre dans la Tamise, au sud-ouest de Londres. Son nom, avec lequel joue Tolkien, pourrait venir de Henry VIII ou d'Elizabeth I, qui y faisaient garder leurs chiens quand ils résidaient à Greenwich, sur l'autre rive du fleuve.

21. Il y a au moins un chien, car le Lunehomme en possède un. Certaines traditions vont en ce sens, par exemple *Le Songe d'une nuit d'été*, de W. Shakespeare.

22. « La tour blanche. » Dans son « Conte du soleil et de la lune », l'un des récits du *Livre des contes perdus*, Tolkien mentionne le vaisseau lunaire qui fait voile à travers le ciel. « Un Elfe de grand âge, chenu, aux cheveux bouclés, s'y est embarqué clandestinement et y demeure pour l'éternité... une tourelle blanche a été construite sur la lune. Il y grimpe souvent pour observer le ciel ou encore le monde, au-dessous de lui. Certains lui ont donné le nom d'Homme lunaire. » (1re partie, 1983.)
Dans le poème de Tolkien « Pourquoi l'Homme lunaire est descendu trop tôt » (1923), cet homme vit dans « un minaret blanc de couleur blafarde qui donne le vertige, à son altitude lunaire, au sein d'un monde argenté » (*Livre des contes perdus*, 1re partie). Une illustration de la scène montre l'homme glissant vers la terre le long d'un fil d'araignée. On peut opérer un rapprochement avec les « fils et cordes d'argent » tissés par les araignées lunaires dans *Roverandom*. Reproduction : *Tolkien artiste et illustrateur ;* de W-G. Hammond et C. Scull ; éd. C. Bourgois, 1996, p. 78.

23. Tolkien joue sur les deux sens, différents, que peuvent posséder les propos du lunechien : « *So, you are called Rover after me ?* » – Ainsi, c'est en mon honneur qu'on t'a appelé Rover (c'est-à-dire « d'après moi »).
« *So, you must have been called Rover after me* » – On t'a donc appelé Rover après moi – chronologiquement.

24. Significations diverses du terme « *rover* ».

25. « La lune passait tout juste sous le monde. » À cet égard, voir la fin de l'introduction et *Le Livre des contes perdus*, 1re partie : « La lune voyage encore sous le monde. »

26. Cette combinaison de l'interdiction et du conseil est de tradition dans les contes de fées. L'avertissement du Lunehomme est répété sous des formes variées et trouve plus tard un écho dans les paroles de Mme Artaxerxès : « Ne va pas tracasser les poissons de feu… » (Chapitre 4).

27. « Bien du temps pour le découvrir. » En fait, nous n'apprenons jamais pourquoi Psamathos envoie Rover dans la lune. Le premier texte est ainsi rédigé : « Il ne sut jamais complètement, car les magiciens ont toujours de profondes raisons, que ne découvrent pas des générations de chats – sans parler des chiens – ; et ce qu'il trouva exigea un bon moment. »

28. Tolkien invente des espèces d'insectes en s'inspirant de Lewis Carroll (*À travers le miroir*, 1872). Son « *flutterby* » est le « *butterfly* » (papillon) inversé.
« Cinquante-sept variétés » : l'auteur s'amuse avec la publicité de la célèbre marque de condiments Heinz.

29. La musique est un élément essentiel de l'atmosphère de *Roverandom*. Elle est l'œuvre de la flore sur la face blanche de la lune, des rossignols et des enfants dans le jardin situé sur la face sombre ; enfin, du peuple-des-flots. Les noms de fleurs, tantôt exacts tantôt inventés, font référence à des instruments : cloche, sifflet, trompette, cor, etc. L'auteur s'inspire fréquemment aussi des compositions de *Nursery Rhyme*, recueil destiné aux très jeunes enfants.

30. Les feuilles persistantes, bleu pâle, peuvent être regardées comme une préfiguration des « *mallorn trees* » du *Seigneur des Anneaux*. « Car en automne leurs feuilles ne tombent pas mais se muent en or. » (Livre II, ch. 6. page 366 de l'édition du centenaire ; C. Bourgois, éditeur, 1992).

31. L'énorme éléphant blanc est peut-être une allusion au cas de Paul Neale, savant du XVIIe qui affirmait avoir découvert un éléphant sur la lune et finit par s'apercevoir qu'une souris s'était introduite dans son téléscope.

32. Birmingham, où Tolkien passa sa jeunesse, tout comme Leeds, où il vivait avec sa famille à l'époque où il conçut *Roverandom*, étaient des cités industrielles sales et enfumées – beaucoup plus propres aujourd'hui.

33. *Rat and rabbit it !* Imprécation commune, adaptée à un chien aux goûts médiocres. « *Rat* » vient de « *od rat* », signifiant « Dieu le pourrisse ! », c'est-à-dire le maudisse. « *Rabbit* » est une altération de « *rat* », avec le même sens.

34. Au chapitre 4 du *Hobbit*, la compagnie s'abrite dans une grotte sans l'explorer de fond en comble. « Évidemment, c'est là que réside le danger des grottes ; parfois, on ne sait pas jusqu'où elles s'enfoncent, ou bien encore jusqu'où peut conduire un passage ; ou même ce qui vous attend à l'intérieur. »

35. Selon la légende, Vortigern, roi de Grande-Bretagne, tenta de construire une tour près du mont Snowdon afin de se protéger de ses ennemis. Seulement, ce qui avait été construit le jour s'effondrait dans la nuit. Le jeune Merlin conseilla à Vortigern de chercher un marais à la base des fondations, puis de l'assécher. Au fond du marais dormaient deux dragons, l'un blanc l'autre rouge, qui engagèrent un combat lorsqu'on les éveilla. Merlin dit que le rouge représentait le peuple britannique, et le blanc le peuple saxon, qui l'emporterait. Alors, le dragon rouge deviendrait « très rouge », c'est-à-dire rouge du sang de la défaite.
Cette aventure est censée se passer à Dinas Emrys (Gwynned, Pays de Galles) appelée Caerdragon, ce qui signifie forteresse

du dragon, dans le premier tapuscrit – dans le manuscrit : Caervyrddin, soit : le fort de Merlin.

36. Les Trois Îles est une expression tirée du gallois : Teir Ynys Prydein ; « ynys » (île) a le sens de « royaume ». Les Trois Îles sont donc les trois royaumes qui composent la Grande-Bretagne : Angleterre, Écosse et Galles.
Snowdon est le plus haut pic du Pays de Galles (1 200 m). Il se trouve à Gwynned, dans le parc national Snowdonia. Cet homme qui abandonna une bouteille au sommet de Snowdon est, dans l'esprit de Tolkien, l'incarnation de l'attrait de la montagne pour les touristes et des déchets qu'ils y laissent. Dans son premier texte, il épingle les visiteurs « qui fument des cigarettes, boivent de la bière aromatisée au gingembre, et abandonnent çà et là les bouteilles ».

37. Gwynfa – ou Gwynva – est, littéralement, un lieu blanc ou béni, donc le paradis pour les poètes. Nous n'avons trouvé, dans les légendes ou le folklore, aucun Gwynfa correspondant à son utilisation dans *Roverandom*. Toutefois, la comparaison établie avec la disparition du roi Arthur (dans les premières rédactions : sa mort), c'est-à-dire son passage dans un autre monde (Avalon) suggère que Gwynfa est un lieu de ce genre, « pas si éloigné du rebord du monde » : peut-être Gwynvyd, monde supérieur céleste dans la tradition galloise. Il se peut, tout simplement, qu'une place « blanche » soit le lieu de séjour d'un dragon blanc, et que Tolkien joue sur les mots, « *snowdon* » signifiant : blanche colline.
Quant à l'appréciation de la queue de dragon comme mets délicat, on la retrouve dans *Le Fermier Giles de Ham* (1949) : « C'était encore la coutume de servir une queue de dragon à la table du roi, quand celui-ci donnait une fête, à Noël. » Mais l'histoire se situe avant l'époque des rois saxons. Tolkien semble vouloir dire que le dragon est parti afin d'éviter d'être chassé pour sa queue. Dans le premier tapuscrit, ce passage servait à introduire un commentaire, ultérieurement supprimé, sur les rois saxons et leur peuple « farouche, à l'existence duquel certains Français ne croient pas ». Christopher Tolkien nous a suggéré que cette phrase pouvait être une critique d'Émile Legouis. Cet universitaire français, dans son

Histoire de la littérature anglaise écrite en collaboration avec son collègue Louis Cazamian et publiée en Angleterre en 1926, présente les Anglo-Saxons comme un peuple tranquille et aimant l'ordre, c'est-à-dire pas farouche. L'ouvrage juge illusoire de chercher dans la littérature anglaise un « reflet de la barbarie des Germains ».

38. « Rougir la lune entière » : lors d'une éclipse, la lune prend parfois une teinte rouge-cuivré.

39. Dans la rédaction définitive, ce passage relatif aux montagnes et aux chutes d'eau était suivi d'un autre, finalement supprimé : « Aucune moto pilotée par un jeune homme dans un faubourg endormi n'aurait pu faire davantage. »

40. Dans *La Reine des fées* d'Edmund Spenser (1590), le dragon possède des ailes « semblables à des voiles, que le vent creuse en s'y engouffrant, lui donnant une belle vitesse ; il gonfle les plumes jusqu'aux rémiges, on croirait une tapisserie volante ».

41. Les deux termes « Flapdragon » et « Snapdragon » se réfèrent ici à un modèle réduit de dragon – ou de sa tête – articulé, qui ouvre et ferme la gueule. Il est porté par les mimes, à Noël, dans les cérémonies et défilés organisés par les municipalités.

42. Le 5 novembre est la date où l'on célèbre, en Grande-Bretagne, avec des feux d'artifice et des feux de joie, la découverte et l'échec d'un complot catholique visant à faire sauter le Parlement (1605). Ce souvenir est aussi appelé « Nuit de Guy Fawkes », nom du conspirateur le plus connu.

43. L'éclipse suivante ne se produisit pas. Ici, un mystère demeure : comment le Lunehomme coordonne-t-il la survenance de l'éclipse due au Grand Dragon Blanc et la conformité aux prévisions ? « Ils vont me fabriquer une éclipse avant terme… Le dragon était trop occupé à lécher son estomac pour s'en soucier. »
Néanmoins, bien avant la rédaction de *Roverandom*, la tradition, dans des mythologies diverses, attribuait les éclipses

à des dragons, qui ne se contentaient pas d'obscurcir lune ou soleil mais les dévoraient.

44. Dans son poème « Pourquoi le Lunehomme descendit trop tôt », Tolkien écrit que cet homme « en a assez de son minaret blafard. Il a souhaité du feu, à s'en fatiguer ! Pas les lueurs limpides des pâlottes sélénités mais un bûcher terrestre bien rouge, d'un pourpre incandescent mêlé de cramoisi et de rose, où bondissent d'oranges langues de feu. Vastes mers bleues et teintes de passion ; lorsque l'aube, en pointant, vous invite à la danse ».

45. De fait, il existe un hibou-aigle, espèce scandinave d'envergure, et féroce, qui se montre en Grande-Bretagne à l'occasion. Ses membres supérieurs sont d'un brun tirant sur le noir.

46. Les « *bob-owlers* », dans le dialecte des Midlands de l'Ouest, sont des papillons au grand corps.

47. À propos de la ressemblance entre Jardin lunaire et « Cottage de Lost Play », dans *Le Livre des contes perdus*, voir l'introduction. Dans l'œuvre de Howard Pyle, *Le Jardin derrière la lune*, David le héros s'en vient lui aussi dans l'arrière-jardin du Lunehomme, où des enfants s'ébattent, jouent et crient. Comme dans *Roverandom*, ils semblent y être venus dans leur sommeil, car leurs corps sont restés sur terre. David toutefois atteint ce jardin de façon plus prosaïque que Roverandom : par l'escalier de service, dans la demeure du Lunehomme.

48. À propos du sentier de rêve, voir l'introduction.
Le texte initial, premier jet sans recherche, est celui-ci : « Voici la vallée des heureux rêveurs, dit l'Homme. Il en existe une autre mais que nous ne verrons pas ; et la plupart de ceux qui la voient l'oublient, par bonheur. Certains rêves nés ici durent éternellement… Je crée la plupart des rêves. Certains, ils les apportent avec eux ; et d'autres, j'ai le regret de le dire, sont l'œuvre des araignées, mais pas dans cette vallée, et pas non plus si je les surprends dans leur action. C'est la Vallée des Heureux Rêves. »

49. Le chien mort de Mère Hubbard est une allusion à une chanson enfantine, *Vieille Mère Hubbard*, qui contient les vers suivants :

> Mais, quand elle revint,
> Il était mort, le pauvre chien ;
> Elle s'en fut à la taverne
> Boire du rouge et du blanc ;
> Et quand elle revint
> Sur la tête se tenait le chien.

50. Dans *Roverandom*, la lune a des faces distinctes, blanche et sombre, qui le restent du début à la fin semble-t-il. Une face est « sombre avec un ciel pâle », l'autre est « pâle avec un ciel sombre ». La lune réelle, à l'évidence, traverse la nuit et le jour, à un rythme différent de la Terre, et si une face est sombre ce n'est pas faute de recevoir la lumière mais parce qu'elle regarde à l'opposé de la Terre, et qu'elle est restée invisible jusqu'à l'invention du téléscope orbital.
Bien que, dans ce conte, la terre soit plate (voir l'introduction), la lune est sphérique, c'est clair. Roverandom la traverse tout droit au cours de sa chute sur la face sombre, et quand il regagne la tour en compagnie du Lunehomme, tous deux assistent au lever de la Terre.
John Tolkien ne se rappelle pas que son frère Michael et lui aient été gênés par ces anomalies, en écoutant l'histoire. Il fait observer que *Roverandom*, évidemment, a été écrit pour de jeunes enfants qui trouvent, dans ces étrangetés, une part du charme de l'histoire.

51. En parlant de l'amour d'Artaxerxès pour la fille plus très jeune mais charmante, et riche, du Roi-des-Flots, Tolkien fait allusion à une opérette des célèbres auteurs Gilbert et Sullivan, *Procès avec jury* (1871) : « Ainsi me suis-je amouraché de la fille, entre deux âges et laide, d'un riche attorney. »

52. Protée, Poséidon, Triton et Neptune. Dans la mythologie grecque, les deux premiers sont fils de la mer. Dans la mythologie romaine, Neptune est le pendant de Poséidon. Triton est, lui aussi, dieu marin, fils de Poséidon, et dans la tradition grecque, l'homme-sirène.

53. Niord est une déité marine scandinave. L'expression « mariage stupide » est une allusion à Gylfaginning et à Skaldskarpmal, épisodes tirés *d'Edda la cadette*, œuvre de Snorri Sturluson (1178 ou 79-1241). Les dieux ont promis à la fille d'un géant qu'elle pourrait épouser l'un d'eux, en compensation du meurtre de son père par Thor. Mais ils ne l'ont autorisée à voir, avant de se décider, que les pieds des futurs fiancés.

Elle choisit les plus jolis pieds, espérant gagner Balder, le plus beau des dieux ; mais ces pieds sont ceux de Niord. Les commentateurs ne sont pas unanimes quant aux motifs pour lesquels Niord possède de plus beaux pieds que Balder. Le commentaire de Tolkien, pour qui la géante a choisi Niord parce qu'il avait les pieds propres – « c'est si pratique à la maison » – est évidemment une plaisanterie ; mais E.-V. Gordon, collègue de Tolkien à Leeds, dans une note de son *Introduction au vieux Norrois* (1921 ; Tolkien y trouve un remerciement pour ses conseils), observe que Niord avait les pieds les plus propres parce qu'il était dieu de la mer. On peut penser que Gordon voulait dire que ces pieds étaient lavés avec régularité.

54. Le Vieil Homme de la Mer est un personnage des *Mille et Une Nuits*, trouvé par Sindbad le Marin après son naufrage, survenu lors du cinquième voyage. Le Vieil Homme le prie de le porter pour traverser une rivière. Quand Sindbad s'exécute, il ne peut plus débarrasser son dos de cette charge. Il se libère en enivrant l'homme puis en le tuant avec une roche.

55. La mine flottante est du type de celles que l'on mouillait pendant la Première Guerre mondiale. Le Vieil Homme de la Mer a, évidemment, tenté de se faire porter par l'engin. Les « boutons » sont les détonateurs, en forme de pointes.

56. Humpty-Dumpty est un œuf, dans une chanson anglaise pour enfants : « Quand il a été cassé, tous les hommes du roi et tous les chevaux du roi n'ont pas pu le reconstituer. »

57. « *Rule, Britannia* », règne sur les flots, est un hymne très populaire en Grande-Bretagne. Ce symbole du pays est, sur les pièces de monnaie, une femme assise, tenant un écu et un

trident, flanquée d'un lion. Elle a fait son apparition sur les pièces et médailles au temps de Charles II.

58. « N'oublie pas le Ps. » À la lettre : n'oublie pas de prononcer correctement le début du nom. Mais le Lunehomme plaisante : l'histoire ayant commencé par l'omission d'un « s'il vous plaît », le véritable sens du conseil est : conduis-toi comme il convient.

59. Les journaux de l'époque ignoraient la couleur. Dans la liste des journaux marins, *The Illustrated Weekly Weed* constitue le pendant de *The Illustrated London News*.

60. « *Pot and jam him* ». Argot : « *to pot* » signifie tuer, et « *to jam* » *:* pendre.

61. « La plus antique des baleines » : voir l'introduction. Dans le jargon des baleiniers, « a right whale » appartient à l'espèce idéale à tuer, de la famille des baleinidés, riche en fanons et facile à harponner.

62. L'appellation « PAM » (Pacific Atlantic Magician ; en français : MAP) est une référence au surnom du Premier ministre britannique Lord Palmerston (1784-1865).

63. Merchien *(sea-dog)*. Tolkien fait allusion au terme d'argot : « *sailor* ».

64. Bernique ou barnacle. Le terme anglais « *limpet* » possède un second sens que celui de gastéropode accroché à son rocher : fonctionnaire inutile mais accroché à son office (*Oxford English Dictionary*).

65. Tolkien suggère que la magie d'Artaxerxès a ses limites. Dans le texte primitif, le passage qui précède inclut une expression de clarification : « le genre tour de passe-passe, de prestidigitation. » Dans son essai *Contes de fées* (1947), l'auteur montre son dédain à l'égard des « prestidigitateurs de haute volée », qu'il oppose aux vrais magiciens tels Psamathos et le Lune-homme.

66. L'histoire que raconte le merchien dérive en partie d'une saga du XIIIe siècle, celle d'Olaf Tryggvason, racontée par Snorry Sturluson dans *Heimskringla*.

Dans cette œuvre, Olaf, roi de Norvège (995-1000) perd une bataille navale. Il saute de son célèbre bâtiment, le *Grand Serpent* – ou *Grand Ver*. La légende conte qu'il ne se noie pas mais se sauve à la nage, et finit par mourir, moine, en Grèce ou en Syrie.
Dans le manuscrit de *Roverandom* le bateau est appelé *Grand Ver*. Tolkien a mentionné sous ce nom le bâtiment du roi Olaf dans la conférence sur les dragons, qu'il a donnée en janvier 1938 à l'University Museum d'Oxford. Ce roi possédait un chien, Vige, qui mourut de chagrin après la disparition de son maître.

67. Selon la légende, les sirènes sont très désireuses d'entraîner les mortels dans la mer et d'y garder leurs âmes en captivité. Tolkien distingue les sirènes aux cheveux dorés et les sirènes aux cheveux noirs, leurs précurseurs mythologiques.

68. L'archipel des Orkneys est situé au nord-est de l'Écosse. Occupé par les Vikings aux VIIIe et IXe siècles, il est passé en 1476 sous l'autorité de la couronne d'Écosse.

69. Effectivement, tous les lieux énumérés par le merchien appartiennent au domaine du Pacifique : le Japon, Honolulu, Hawaii, Manille, les Philippines, l'île de Pâques à l'ouest du Pérou ; l'île Thursday au large de la pointe nord du Queensland en Australie ; Vladivostok en Russie.

70. En août 1925, soit un mois avant la création de *Roverandom*, une explosion sous-marine se produisit à l'île Santorin, en Mer Égée.

71. « Le magicien l'eût changé en escargot de mer. » Dans le texte initial, Tolkien écrit que Roverandom « ignorait que, ensorcelé une première fois par le plus puissant charme d'Artaxerxès, il ne pouvait pas l'être une seconde ». Dans la mesure où le magicien l'ensorcelait une seconde fois pour en faire un chien marin, l'affirmation perdait sa signification.
« L'arrière de l'au-delà » est un endroit situé à une très grande distance de toute imagination.
« To go to pot » signifie être ruiné ou détruit. Plus loin, l'auteur écrit que Pot est l'une des deux vastes grottes capables

d'abriter le grand Serpent-de-Mer. Peut-être pensait-il au dialecte du nord, pour lequel « *pot* » est un trou profond, un abysse, le cratère de l'enfer.

72. Les Mers Ombreuses : voir la fin de l'introduction. La rédaction initiale était celle-ci : « Ce fut la baleine qui les conduisit à la Baie-des-Fées, située au-delà des îles Magiques. Ils aperçurent, bien loin vers l'Ouest, les rivages du Royaume Féerique, les montagnes du Pays Ultime, et la lumière enchantée flottant au-dessus des vagues. »
Dans la mythologie de Tolkien, les Mers Ombreuses et les îles Magiques dissimulent et protègent du monde Aman, patrie des Elfes et résidence de leurs dieux, les Valars. Cette géographie datant des années trente est bien illustrée dans *Ambarkanta* de Tolkien *(Le Découpage de Terre Centrale*, 1986).

73. Pays extérieurs : voir la fin de l'Introduction. Dans les premières rédactions, Tolkien utilise l'expression « Terres Ordinaires ».

74. L'expression anglaise « *To drink like a fish* » (boire comme un poisson) équivaut à l'expression française : boire comme un trou.

75. La capacité, prêtée au Serpent, de joindre un bord du monde à l'autre, est une référence au serpent Midgard de la mythologie scandinave. « Quand il se dresse, les puissances éprouvent de l'effroi » (Léviathan, animal marin, dans Job, 41).
Tolkien n'a pas pu se décider à écrire « *edge* » (bord du monde) en choisissant une capitale ou une minuscule pour l'initiale, lorsqu'il s'est référé à une extrémité du monde plat de *Roverandom*. Nous avons choisi les minuscules, sauf pour l'expression Bord à Bord (Ch. 4, Éveil du serpent), afin de clarifier le sens de la phrase.

76. Autothalassique = jailli de la mer. Cette liste de qualificatifs est un résumé de conclusions formulées par des érudits à propos des serpents de mer, ainsi qu'une réminiscence d'une conférence prononcée par Tolkien en 1936 (*Monstres et critiques*) à propos des opinions discordantes portées par les critiques sur le poème *Beowulf*.

77. En 1927, l'île engloutie de Nùmenor n'a pas encore fait son entrée dans la mythologie de Tolkien, et la chute du continent dans la mer figure dans la première version de *Roverandom*. Il est donc à présumer qu'il s'agit de l'Atlantide.

78. Il voit l'extrémité de la queue du Serpent : un rapprochement peut être effectué avec *Le fermier Giles de Ham*, en raison de la rencontre de Garm et de la queue du dragon.
Dans la mythologie anglo-saxonne et scandinave, le terme « ver » est communément utilisé pour désigner un dragon ou un serpent. Ici, Tolkien joue avec le proverbe « Même un ver se retournera », signifiant que même la créature la plus faible se retourne contre ses bourreaux si elle y est conduite ; et il l'applique au puissant Serpent-de-Mer.

79. Bigorneau : mollusque gastéropode, de l'espèce « littorina », à la coquille en forme de toupie.

80. Afin de caractériser l'extrême difficulté rencontrée par les deux chiens pour recouvrer la liberté, Tolkien utilise l'expression anglaise « s'échapper par la peau des dents », qui signifie : *in extremis*. Leurs pattes étant palmées, il la transpose et les fait s'échapper « par la peau des pieds ».

81. Cherchant distraitement à saisir avec la gueule l'extrémité de sa queue : Tolkien se réfère ici à l'Ouroboros, symbole antique de l'unité, du renouveau, de l'éternité, sous la forme d'un serpent qui dévore sa queue.

82. Vers de mer, chats de mer, vaches de mer. Tolkien semble suggérer que la magie d'Artaxerxès a transformé les poissons en créatures partiellement non marines ; comme lui. En réalité, malgré leur nom, la plupart font actuellement partie de la faune marine.

83. « Et ma forme naturelle ? » Les treize paragraphes qui suivent la requête de Roverandom étaient une addition de la seconde version (premier tapuscrit). Dans la précédente, le magicien se bornait à saisir Roverandom et à le faire tourner trois fois en disant : « Merci, cela fera très bien l'affaire. » Et Roverandom se découvrait tel qu'il avait toujours

été avant leur première rencontre, un certain matin, sur la pelouse.
Mais cette version donnait d'Artaxerxès une image plus reluisante que celle d'un prestidigitateur. En outre, dans cette version déjà, il avait à cet instant détruit ses charmes.

84. Le rocher de Map est un rocher sucré, traditionnellement vendu sous forme de bâton dans les stations balnéaires britanniques. L'espèce la plus courante est blanche à l'intérieur et recouverte d'une mince pellicule rose, gluante. Le nom de la station y est souvent inscrit en travers du cœur blanc, en sucres de couleurs contrastées.

85. Dans les années vingt, par souci de pudeur, personne n'enfilait ses vêtements de bain sur la plage. Certains se changeaient sous des tentes, d'autres dans des cabines qu'on tirait jusqu'au rivage. Le baigneur y entrait par une porte côté plage, s'y changeait, et en sortait par une autre porte côté mer.

86. À travers ce conte, Tolkien montre les soucis que lui donnent la pollution et les effets de l'industrialisation. L'homme au sommet du Snowdon est un semeur d'ordures ; le fioul donne à Niord une terrible toux. Artaxerxès se voit enjoindre de nettoyer le désordre que ses clients laissent sur la plage. Quant à la circulation automobile, bien inférieure alors à ce qu'elle est aujourd'hui, elle excédait déjà les aspirations de Tolkien. Qu'on se reporte à son poème « Le Progrès à Bimble » (1931) qui, au dire de son biographe H. Carpenter, reflète ses sentiments à l'égard de Filey où il passa en 1925. Dans les boutiques de Bimble, il a vu

> Cigarettes et boule-à-mâcher
> (enroulée dans un papier,
> dans un carton emboîtée,
> appelée à être parsemée
> sur herbe et rivage par les usagers) ;
> Garages bruyants, où des gens
> Crasseux, travaillent dur et frappent
> Comme en rugissant.
> Les moteurs vrombissent, les lumières flamboient
> Au long de la nuit… charmant tumulte.

Parfois, plutôt rarement,
On entend des cris d'enfants.
Parfois, tard, si les motos
Ne déboulent pas en hurlant,
On entend, légèrement,
Si on aime,
Le bruit des vaguelettes mourant
Sur la plage.
Elles barattent pelures d'orange,
Peaux de banane,
Elles rongent le papier, elles cherchent à moudre
Un bouillon de bouteilles, de boîtes de fer-blanc,
Avant que le jour ne vienne, les ramenant ;
Avant que, le matin suivant,
Les cars, en stoppant
À la porte de la vieille auberge
Tout empestant et tout grondants,
Sifflant et klaxonnant,
N'apportent davantage de gens
À Dieusaitoù, à Ilsenmoque,
À Bimbleville, où la rue en pente,
Autrefois charmante,
Chancelle, avec toutes ses bicoques.

Table des illustrations de J.R.R. Tolkien

Table des matières

Composé par Nord Compo
à Villeneuve-d'Ascq (Nord)

Imprimé en France par
I.M.E.
à Baume-les-Dames (25)
en juillet 2015

POCKET – 12, avenue d'Italie – 75627 Paris cedex 13

Dépôt légal : novembre 2013
S26501/01